L’AMI PARFAIT

DU MÊME AUTEUR

LA FACTURE, Actes Sud, 2015 ; Babel n° 1518.
LA PIÈCE, Actes Sud, 2016.

"Lettres scandinaves"

Cette traduction a été effectuée dans le cadre d'un séminaire de traduction littéraire dirigé par Elena Balzamo avec Elisabet Brouillard, Johanna Chatellard-Schapira, Catherine Derieux, Benoît Fourcroy, Marina Heide, Marianne Hoang, Anne Karila, Véronique Lezla, Anna Marek, Laurence Mennerich, Aude Pasquier, Isabelle Piette, Sophie Refle ainsi qu'une équipe d'étudiants de l'université de Paris IV sous la direction de Marina Heide.

Les nouvelles sont tirées des recueils suivants :
Det andra målet, Jonas Karlsson, Wahlström & Widstrand, 2007 (Le sens de la file, "Il a faim !", Fais-le tout seul, Le petit bibelot rouge, La semaine du 17, Le billet de tombola) ; *Den perfekte vännen*, Jonas Karlsson, Wahlström & Widstrand, 2009 (Marcus, La Saint-Valentin, Procès-verbal, Tartine de confiture, Traces dans la neige, L'ami parfait) ; *Spelreglerna*, Jonas Karlsson, Wahlström & Widstrand, 2011 (Le bonheur…, Karin).

ISBN 978-2-330-09727-1

JONAS KARLSSON

L'Ami parfait

nouvelles traduites du suédois
sous la direction d'Elena Balzamo

ACTES SUD

MARCUS

Sur le palier, la porte de Jacob était ouverte et le tapis de l'entrée étalé en travers du seuil. Je frappai doucement sur le chambranle, mais Jacob ne m'entendait pas. Il passait l'aspirateur dans la cuisine, en sifflotant. L'entrée venait d'être lessivée, le sol brillait. Je frappai encore une fois, appelai son nom, toujours en vain. J'enlevai mes chaussures pour ne pas salir et enjambai un seau resté posé en plein milieu du passage. Dans la cuisine, le téléphone sonna. Jacob décrocha aussitôt. Comme s'il attendait un coup de fil.

Nous avions prévu d'aller à la piscine d'Eriksdal. J'avais mes affaires et un cadenas dans un sac en plastique. Je le posai sur le paillasson et me plantai comme d'habitude devant le tableau de liège couvert de cartes postales et de pense-bêtes.

Tout en haut, je reconnus un papier. J'avais le même chez moi. "Retrouvailles", y lisait-on, en grosses lettres arrondies, imprimées sur la reproduction couleur d'une photo de classe.

Vingt-six monstres de quinze ans, dont Jacob et moi, m'adressaient un sourire menaçant. "Cette année, cela fait une décennie qu'on a quitté le collège ! Viens nous rejoindre pour fêter l'événement et parler du bon vieux temps. Le bar sera ouvert jusqu'à deux heures." Avait-il vraiment l'intention d'aller à ce truc ? Pourquoi l'aurait-il affiché, sinon ? Moi, je l'avais directement envoyé à la poubelle.

Au centre du panneau, une feuille volante comportait un message tracé à la main, en lettres majuscules, "PRET. APP. CILLA". Cilla, ça devait être la petite sœur de Jacob. En tout cas, il ne m'avait jamais parlé d'aucune autre Cilla. Que voulait-il lui prêter ?

Sur le calendrier, à la date du jour, je découvris mon nom : "Piscine av. Marcus."

Et là, devant le tableau d'affichage, mes chaussures à la main, en attendant que Jacob termine sa conversation et en me demandant combien de temps il avait gagné en abrégeant "avec" en "av.", j'eus une idée : si je lui faisais une surprise en me cachant dans le placard à balais ? Ce serait drôle qu'il tombe sur moi au moment où il voudrait ranger l'aspirateur.

Je posai le sac avec mes affaires de piscine près de la porte. Ça devrait lui mettre la puce à l'oreille, me dis-je en gagnant le placard à balais sur la pointe des pieds, sans lâcher mes chaussures. Je constatai qu'il n'avait pas fait d'excès de zèle à l'aspirateur.

Je me glissai dans le placard et refermai la porte. De ma cachette, je l'entendis raccrocher et se diriger vers l'entrée. On va bien rigoler, pensai-je, tout en retenant ma respiration et en me plaquant contre la paroi pour ne pas rouvrir accidentellement la porte. Mais ses pas traînants dépassèrent le placard et disparurent à l'autre bout de l'appartement, où se trouvait sa chambre. Je me remuai un peu. Et si j'émettais un petit bruit, histoire de l'intriguer ? Non, ce serait plus drôle qu'il me découvre directement en ouvrant la porte. Il n'allait pas en revenir.

Soudain, dans l'entrée, j'entendis mon portable bourdonner au fond du sac qui contenait mes affaires de piscine. Je l'avais mis en mode vibreur. Mon premier réflexe fut de sortir pour répondre, mais je me retins. J'entendis Jacob parler dans la cuisine. Était-ce lui qui m'appelait ? Oui, à tous les coups, il se demandait où j'étais ; il devait être en train de me laisser un message. Je tendis l'oreille pour comprendre ce qu'il disait, mais ne pus capter qu'un murmure indistinct. Je l'entendis néanmoins conclure par un "T'inquiète, Marco, j'arrive". Aussitôt, nouvelle vibration de mon portable. J'avais un message.

Jacob revint dans l'entrée. Avait-il entendu mon téléphone ? Ça y est, il va remarquer mon sac, pensai-je. Je retins mon souffle. Il y eut un bruit de papier froissé. Puis, fredonnant le générique de l'émission *Science & Savoir*, Jacob disparut de nouveau.

Ce n'était pas commode de rester debout là-dedans : j'étais obligé de courber la nuque de manière peu naturelle. En essayant de fléchir les jambes, je découvris une petite étagère sur laquelle je pus appuyer mon genou, ce qui me soulagea immédiatement. M'avait-il entendu bouger ? Ça n'en avait pas l'air. Il continuait à s'affairer de l'autre côté, comme s'il était pressé de terminer son coup de propre. Plusieurs fois il passa en flèche devant le placard. Puis il rentra le tapis de l'entrée et ferma la porte. Parfait, pensai-je. Il ne va pas tarder à arriver avec l'aspirateur.

Je compris trop tard ce qui était sur le point de se passer, ce qui était en train de se passer, ce qui s'était déjà passé : il fermait à clé depuis l'extérieur, et avant que j'aie eu le temps de sortir du placard, laisser tomber mes chaussures, traverser l'entrée, trébucher sur l'aspirateur abandonné au beau milieu de la pièce et atteindre la porte, il avait déjà dévalé les marches de l'escalier. Je l'appelai, frappai du poing contre la porte.

— Hé, t'en va pas ! Je suis là ! C'est moi Marcus !

Pas de réponse. Il avait sûrement son iPod dans les oreilles. Et moi, je me retrouvais coincé.

Je secouai la porte au moins trois fois, tambourinai encore un peu sans trop savoir dans quel but, tournai le loquet dans tous les sens. Naturellement, il avait aussi fermé la serrure du haut. Je me précipitai à la fenêtre de la cuisine dans l'espoir de l'apercevoir. J'ouvris, sortis la tête. Pas de Jacob en vue. Avait-il eu le temps de remonter la rue ? Avait-il emprunté un autre chemin ? Comment savoir ?

Eh bien, je n'avais qu'à l'appeler sur son portable. Ça aussi, c'est une belle surprise, quelqu'un qui vous appelle de chez vous. J'étais curieux de voir comment il allait réagir en voyant son numéro de fixe apparaître à l'écran.

Après avoir cherché un moment sans trouver d'appareil, je retournai dans l'entrée prendre mon mobile. J'ignorai l'appel en absence et sélectionnai le numéro de Jacob – pour aussitôt entendre la sonnerie du fixe dans la cuisine. Soupirant devant ma propre bêtise, je raccrochai et, cette fois, appelai son portable. Un instant plus tard résonnait *The Final Countdown*, par Europe. Dans la cuisine.

Le téléphone collé à l'oreille, je dirigeai mes pas vers la cuisine et l'horrible sonnerie préprogrammée. Au moment où se déclenchait le message d'accueil de Jacob, mes yeux tombèrent sur son téléphone, oublié sur le plan de travail. "Marcus mob.", indiquait l'écran.

De retour dans l'entrée, je tambourinai une fois de plus à la porte. Un voisin allait peut-être m'entendre ? J'attendis quelques minutes. Rien. Sur le tableau d'affichage, l'invitation aux retrouvailles de la classe sautait aux yeux. La bande de morveux me fixait, l'air menaçant. Rien qu'à les voir, je sentais tout mon corps se raidir.

Je retournai dans la cuisine, ouvris la fenêtre. Personne. Je m'assis à la table et feuilletai le *Dagens Nyheter*, que j'avais déjà lu. Tout en tournant les pages, je me demandais comment Jacob allait prendre la chose quand il me trouverait ici en rentrant. Allions-nous éclater de rire ? Croirait-il à mon explication, ou me soupçonnerait-il de m'être introduit chez lui pour de tout autres raisons ? Pour quelle raison étais-je entré, d'ailleurs ? Si jamais il découvrait qu'il manquait quelque chose, peut-être me soupçonnerait-il toute sa vie. Je poussai un soupir et posai la tête contre la table de la cuisine. Voilà ce qu'on récolte à vouloir amuser la galerie. Je restai ainsi un moment, laissant mon regard balayer la toile cirée aux couleurs criardes. Avoir son nez sur un motif aussi enchevêtré, ça vous donnait une sensation quasi psychédélique.

C'est alors que je les entendis. Dans l'escalier.

Des voix claires et perçantes de filles. Des rires stridents. La bande-son typique de l'adolescence. Elles montaient tranquillement. Je me précipitai dans l'entrée et collai mon œil au judas.

La petite sœur de Jacob, avec deux copines.

Je ne sais pas pourquoi j'ai agi comme j'ai agi ensuite. J'aurais dû, en entendant leurs gloussements dans la cage d'escalier, cogner à la porte et les prévenir que j'étais à l'intérieur. Leur expliquer la situation par la fente du courrier. Demander à la sœur de Jacob d'essayer de mettre la main sur son frère. Aller le chercher à la piscine ou se débrouiller pour dénicher un double des clés. Je ne sais pas pourquoi je ne l'ai pas fait. Ç'aurait été simple comme bonjour. C'est toujours simple, rétrospectivement.

Sauf qu'il y avait chez cette fille quelque chose qui me mettait mal à l'aise. Face à n'importe qui d'autre, je me serais manifesté, j'aurais mis un terme à cette situation incongrue. Pas là. Car elle faisait toujours naître chez moi un malaise fait de mépris, de gêne, et d'attirance.

Le simple fait d'entendre approcher cette horde d'adolescentes débridées me paralysait. Chaque contact avec des filles de cet âge semblait me ramener en arrière, à l'époque où moi-même j'étais un morveux aux hormones en ébullition, avec une voix qui me trahissait sans arrêt. Me venaient alors des images d'érections impromptues et d'éjaculations nocturnes. Un jour, j'avais fixé les seins de la petite sœur de Jacob tellement longtemps qu'elle s'en était rendu compte. Afin de détourner son attention, j'avais aussitôt porté le regard sur le logo de son pull, que, à moitié pétrifié, j'avais tenté de déchiffrer : "F. U. C. K." Acronyme pas très heureux en l'occurrence. Je savais qu'elle m'avait vu. À partir de ce jour-là, nous sûmes tous les deux qu'elle savait que je savais qu'elle m'avait vu.

Face à ce genre de filles, quoi qu'on fasse, elles prennent le dessus à tous les coups, en faisant ressortir le pire en vous. Quelle que soit votre façon d'agir, c'en est fait de votre dignité.

Ou bien était-ce simplement que je n'avais pas le courage de leur parler à ce moment-là ? Malgré tout. Toujours est-il que quand elles sonnèrent à la porte, je décidai de ne pas répondre.

Je trouverai bien une solution, pensai-je, planté là, muet comme une carpe, pendant que la sonnette tintait. Deux fois. Trois fois. Ça semblait presque irréel de me trouver dans l'appartement de Jacob, devant cette porte, à écouter sans réagir le timbre strident de la sonnette. Je profiterai de la prochaine occasion, me dis-je. Je les laisse sonner et s'en aller. Je trouverai une issue plus tard.

Après la quatrième sonnerie, j'entendis le bruit d'une clé qu'on introduisait dans la serrure ; aussitôt, mû par une soudaine inspiration et une montée d'adrénaline, je me précipitai dans la pièce la plus proche. La chambre de Jacob. Mes chaussettes dérapèrent sur le sol fraîchement lessivé. Je me plaquai au mur, le cœur battant à tout rompre, comme si j'étais poursuivi par des assassins.

Les voix se firent plus fortes. J'eus l'impression qu'elles ne s'introduisaient dans ma conscience que maintenant, en s'introduisant physiquement dans l'appartement. D'un coup, je percevais les mots, je comprenais ce qu'elles disaient. Le fond sonore indistinct avait subitement acquis un sens.

— Jacob ?! appela sa petite sœur.

— Il est pas là ?

— Y a personne ici.

— Je vous l'avais dit.
— Jacob ?!

Elles se dispersèrent dans l'appartement avec la rapidité d'un commando. L'une cria quelque chose depuis la cuisine, pendant qu'une autre restait dans l'entrée et qu'une troisième ouvrait le robinet dans la salle de bains.

J'inspectai la chambre. Mes yeux s'arrêtèrent sur la grande penderie, à l'autre bout, derrière le lit. Ce n'est qu'une question de minutes avant que l'une d'entre elles ne débarque ici, pensai-je. Une question de secondes.

En longeant le mur, j'eus le temps d'un débat intérieur bref comme l'éclair. Être découvert au milieu de la pièce, ou caché dans la penderie – lequel des deux était le plus embarrassant ? J'envisageai de me manifester. Prétendre que je m'étais installé dans la chambre pour attendre Jacob et que je ne les avais pas entendues. Et puis quoi encore ? Faire comme si je m'étais endormi ? Ce n'était pas crédible.

Des pas venant de la cuisine traversèrent l'entrée et s'approchèrent de la chambre. Je bondis vers la penderie, mais dérapai et déviai en direction du lit double. À la dernière seconde, je parvins à faire passer tout mon corps sous le sommier et rampai le plus silencieusement possible vers le mur.

Je vis deux pieds pénétrer dans la chambre, puis disparaître. Les ressorts du lit geignirent, et une grosse bosse se forma tout près de moi. Je plaquai une main sur ma bouche pour étouffer ma respiration.

Nous étions tous les deux parfaitement silencieux, elle là-haut, moi là-dessous, le nez à quelques centimètres à peine du sommier affaissé. Pendant qu'elle restait immobile sur le lit, ses copines s'affairaient en jacassant dans l'entrée et dans la salle de bains. Ma hanche me faisait mal. J'avais dû me prendre une sacrée gamelle.

Tout compte fait, il y avait pas mal de place sous le lit. On n'y voyait qu'une paire d'haltères et un ticket de caisse froissé de chez Intersport. Le couvre-lit formait sur les côtés un écran d'à peine dix centimètres. Je ramenai les bras le long du corps et posai les mains sur mon ventre pour me tenir le plus loin possible du bord.

J'examinai la bosse que faisait le matelas au-dessus de moi. Y avait-il moyen de rester allongé en dessous, si jamais quelqu'un d'autre venait se jeter sur le lit ? On ne sait jamais, avec ces ados. Elles sont capables de s'entasser toutes sur le même lit pour papoter. Pendant des heures.

Une fois passée la panique des premiers instants, je fis le point et dus me rendre à l'évidence : j'étais condamné à rester coincé jusqu'à leur départ. C'est-à-dire… jusqu'à quand ? Et ensuite ?

Pourquoi Cilla avait-elle la clé ? Qu'est-ce qu'elles fabriquaient ici ?

De gros moutons de poussière dansaient autour de moi. L'un d'eux s'approchait dangereusement de mon visage. Décidément, Jacob n'était pas un as du ménage ! J'essayai d'éloigner le mouton en soufflant dessus sans faire de bruit.

— Katti ! appela une des filles. Tu viens ou quoi ?

Katti ne bougea pas.

Je retirai prudemment une main de mon ventre et la posai au sol contre moi. Tentai de me détendre. De décontracter tout mon corps, chaque membre, chaque muscle, un par un. Je mesurai à quel point j'étais crispé. Plus je me relâchais, plus ma hanche me faisait mal.

Peu après, la bosse au-dessus de moi disparut. Deux pieds firent leur apparition sur le côté du lit, restèrent quelques secondes suspendus à un centimètre du sol, puis se posèrent par terre. Et quittèrent la pièce.

Je me contorsionnai jusqu'au bord du couvre-lit et risquai un œil par en dessous. J'entendais les filles parler dans l'entrée. Peu après, elles ouvrirent la porte et sortirent. La clé tourna dans la serrure. Leurs voix s'éloignèrent dans la cage d'escalier. Un silence total retomba.

Je comptai jusqu'à dix. Pas un bruit.

Vite, je m'extirpai de ma cachette et gagnai l'entrée. Une fois devant la porte, j'appuyai sur la poignée, mais, bien entendu, elle refusa de s'ouvrir. Je tournai le loquet, espérant qu'elles auraient oublié la serrure du haut. Eh non. Je restai une bonne minute à fixer de nouveau cette porte comme un imbécile. Et maintenant ? À leur retour, encore plus difficile de justifier ma présence, non ? Si je téléphonais à quelqu'un, on finirait par découvrir que j'étais resté caché dans l'appartement pendant que les filles y étaient. J'étais bel et bien coincé.

Pris au piège.

Je fis rapidement le tour de chaque pièce, comme si j'allais y trouver une solution. Je me soulageai aux toilettes, porte grande ouverte, pour ne pas me faire surprendre. J'essuyai soigneusement le siège. Surtout, pas de traces. Je me demandai un moment si elles avaient déjà inspecté la douche. Je pourrais peut-être me cogner la tête contre le carrelage et prétendre qu'en venant me cacher dans la salle de bains, j'avais glissé et que je m'étais évanoui. Peut-on, volontairement, se jeter contre le mur assez fort pour s'évanouir ? Hum. Trop risqué.

Je me dis alors que je ferais bien d'écouter le message que Jacob avait laissé sur mon répondeur. Allez savoir ce qu'il racontait. "Salut, je sais qu'on avait prévu d'aller à la piscine, mais je dois annuler parce que je pars deux mois en Nouvelle-Zélande." Ou : "J'ai décidé de vendre mon appart à ma frangine." Ou : "Dis donc, je t'ai vu entrer dans le placard à balais. Tu peux pourrir sur place, avec tes blagues à la con."

“Vous avez un nouveau message”, annonça le téléphone. Puis la voix de Jacob, sur fond d’aspirateur :

Salut, c’est Jacob…

Je pensais que tu allais passer à la maison, comme d’hab, mais… Dis, je serai peut-être un peu en retard. Je dois nettoyer l’appart, je l’ai prêté à ma frangine. Pour un travail de groupe ou je sais pas quoi. Bref, ils feront sûrement une soirée… Mais bon, faut bien être sympa des fois avec sa sœur.

On se retrouve devant la piscine, OK ?

T’inquiète, Marco, j’arrive !

J’allai dans la cuisine, ouvris le réfrigérateur. À l’intérieur, deux pommes et une bouteille de Coca entamée. Je refermai la porte et bus directement au robinet, en coupant de temps en temps le jet d’eau pour ne pas être surpris par l’arrivée de quelqu’un. Toujours personne. Je revins dans le salon. Tout m’était familier. Et pourtant, tout était différent. J’éprouvais un sentiment d’interdit, comme si, en cet instant, je regardais des objets bien connus par le trou de la serrure. Dire que j’avais passé tant de temps dans cette pièce ! Malgré ça, on aurait dit que rien n’était plus pareil. Comme le canapé de Jacob, avec ses petits carreaux verts. C’était nous qui l’avions transporté quand il avait déménagé. Je retournai dans la cuisine, rouvris le réfrigérateur et pris l'une des pommes. Ça crevait les yeux qu'il en manquait une, maintenant. Mais prête-t-on d'habitude attention à ce genre de choses ? Je regagnai la chambre et regardai par la fenêtre, tentant d'évaluer la distance au sol. Quatre étages. Je posai la pomme sur le rebord de la fenêtre, ouvris le battant et me penchai au-dehors. Au même instant, j'entendis du bruit dans la cage d'escalier. Le cœur battant, je me réfugiai derrière la penderie. Je retins mon souffle et tendis l'oreille.

Très vite, les bruits s'éloignèrent. Je respirai. J'allai fermer la fenêtre, puis me plantai au milieu de la pièce pour l'inspecter. J'étais dans de beaux draps.

Peu après, je reconnus les voix des trois filles dans les escaliers. Je me précipitai hors de la chambre, y revins tout aussi vite, courus à la fenêtre. Ouvris la porte de la penderie. Pleine à craquer. Je pivotai sur moi-même. Leurs voix se rapprochaient. Elles seraient là d'un instant à l'autre.

Quand elles furent devant la porte, je me réfugiai de nouveau sous le lit, gagné par un sentiment cuisant de défaite. Elles étaient déjà à l'intérieur et moi collé au mur lorsque je me souvins de la pomme abandonnée sur le rebord de la fenêtre.

Cette fois, à en juger par les froissements de sachets de chips et le cliquetis des bouteilles qui s'entrechoquaient, elles rapportaient des courses.

Étrange comme l'oreille reconnaît tout cela. Quel âge avaient-elles, au fait ? J'essayai d'identifier les bruits qui me parvenaient depuis l'entrée. Quand elles étaient dans la cuisine, on n'entendait presque rien. Trop loin. Elles avaient peut-être prévu une soirée DVD tranquille ? Dans ce cas, elles allaient sûrement rester dans le salon, et je pourrais peut-être me faufiler dehors pendant le film.

Sinon, je devrais attendre qu'elles s'endorment. À côté, quelqu'un alluma la chaîne hi-fi et j'entendis les premières notes de *OK Computer*, de Radiohead, vite remplacées par Beyoncé – ou est-ce que c'était Aguilera ? Je consultai ma montre. Quinze heures et des poussières. Mais où était Jacob ?

Au bout d'une heure ou deux, j'avais tellement faim que mon estomac se mit à gargouiller. Ses protestations résonnaient sous le lit, un vrai concert. Heureusement, les filles faisaient un tel boucan qu'elles n'entendaient rien. Tintements de verres, allées et venues entre la cuisine et la salle de bains, changements de disque incessants, parfois en plein milieu d'un morceau. À un moment, elles entrèrent dans la chambre à coucher et ouvrirent la penderie de Jacob. Elles examinèrent plusieurs tenues.

— Celle-là ?

— Ça va pas la tête ?

— Et celle-là ?

— Beaucoup trop années quatre-vingt-dix.
— Celle-là alors ?
— Ça va pas la tête ?

Il n'y avait pas grand-chose à faire sous ce lit. J'étais obligé de rester allongé les bras le long du corps. Posés sur mon ventre, ils risquaient de heurter le sommier si jamais quelqu'un se jetait dessus. Curieusement, mon corps finit par s'habituer à cette position. Il l'acceptait. Comme si j'arrivais malgré tout à me détendre un peu, maintenant que j'avais compris que j'en avais pour un bon bout de temps.

Une image du passé me revint, une balade en forêt avec grand-père. J'étais couché sur le dos, dans les herbes hautes, mon vélo à côté de moi. Tout près, le clapotis de l'eau. Je n'avais jamais vraiment repensé à cet instant et je fus frappé par la netteté et l'authenticité de ce souvenir, exempt de tout aide-mémoire artificiel. Aucune photo, aucune note dans un journal intime, aucun film vidéo. Pas même un témoin. Grand-père était mort depuis longtemps, et je ne me rappelais pas avoir jamais raconté cet épisode à quelqu'un. Pourquoi l'aurais-je fait ? Qu'y avait-il à raconter ?

J'essayai de le recoller à d'autres fragments de cet été-là.

"Alors l'AIK a perdu, et moi j'étais bien content de leur déconvenue ! C'est comme ça que ça a commencé", avait expliqué grand-père, assis à la table de la cuisine. En réponse à quelle question ? La manière dont il avait choisi son camp ? Je ne suis même pas sûr qu'à l'époque j'avais compris pourquoi il se réjouissait de la défaite d'une équipe. Par contre, je savais que j'étais pour Djurgården et que, selon toute probabilité, c'était l'œuvre de grand-père. Il était le seul de la famille à parler foot et à regarder les matches de la ligue anglaise le samedi. Ça m'intéressait pas mal quand j'étais plus jeune, mais aujourd'hui, c'était fini. Ces dix dernières années, je n'avais pas accordé une seule pensée au foot. Et pourtant, couché dans l'obscurité sous le lit, je pouvais affirmer sans la moindre hésitation que j'étais pour l'équipe de Djurgården. Comment expliquer cela ? Que pouvais-je dire d'autre sur moi-même avec autant de certitude ?

Peu après dix-huit heures, les premiers invités arrivèrent. Deux voix de garçons, assez jeunes, qui oscillaient sans cesse entre les graves et les aigus. Ils avaient bu. Ou faisaient semblant, car ça sonnait un peu faux.

— Putain, j'suis complètement bourré, dit l'un.

— Pareil, dit l'autre.

— Déjà ? demanda la sœur de Jacob.

Ils entrèrent, enlevèrent blousons et chaussures ; en trois secondes, leur ivresse s'était dissipée. Apparemment, tout le monde s'était posté dans le salon. Peut-être comptaient-ils vraiment regarder un film, finalement ?

Quel genre de films ces ados regardaient-ils, d'ailleurs ? Leur période Barbie ne devait pas être si loin. Ce n'est qu'avec l'entrée des garçons dans mon paysage sonore, et à cause de leur comportement immature, que j'avais compris à quel point ils étaient jeunes, tous. S'ils avaient eu ne serait-ce qu'un an ou deux de moins, j'aurais pu me montrer sans problème et inventer n'importe quelle histoire. Prétexter un truc dont Jacob m'aurait chargé, ou tout simplement dire que je m'étais endormi. Ça serait passé comme une lettre à la poste.

Mais ceux-là n'étaient plus assez jeunes pour avaler mes bobards.

Je remarquai qu'en l'espace de quelques minutes, sol et plinthes s'étaient considérablement assombris. Le soleil était en train de se coucher. On y voyait encore moins qu'avant, sous ce lit.

Soudain, la musique jaillit des enceintes à un volume assourdissant, on aurait dit une déflagration. D'abord, je crus qu'il était arrivé quelque chose. Même à l'abri sous le sommier, j'avais envie de me boucher les oreilles. Ça ne devait pas être bon pour les enceintes de Jacob. Que dirait-il s'il l'apprenait ? De fil en aiguille, je me demandai quelles limites cette bande devrait franchir pour surpasser ma propre performance. Et conclus rapidement qu'il leur serait difficile d'atteindre mon niveau.

Je fermai les yeux, la main toujours plaquée sur l'oreille tournée vers la porte, le temps que s'enchaînent quelques morceaux assez longs avec une boucle au synthé qui n'en finissait pas. Insupportable. Soudain, la porte de la chambre se referma.

Tout d'abord, je me réjouis que le vacarme soit enfin un peu étouffé. Je retirai la main de mon oreille et respirai, jouissant de ce silence relatif – jusqu'à ce que je découvre que je n'étais pas seul. Pouffements de rire. Souffles. J'ouvris les yeux sans découvrir de pieds nulle part. Nouveau gloussement. Mon cœur battait la chamade. Merde ! Étais-je découvert ?

Alors, je les vis. Deux paires de jambes à la tête du lit. Drôle d'endroit pour s'installer. Que faisaient-ils là ? Est-ce qu'ils m'avaient vu et guettaient ma sortie de sous le matelas ? Étaient-ils en train de me montrer du doigt ? Encore des pouffements de rire. J'étais sur le point de capituler quand je compris de quoi il retournait.

Ils étaient en train de se peloter.

En équilibre instable, côte à côte, comme pressés contre le mur, ces deux corps se caressaient, malhabiles, se caressaient comme seuls de vrais novices peuvent le faire. Même pas face à face.

Des bruits de baisers. Des respirations, des froissements. Lui reniflait à intervalles réguliers et semblait un peu enrhumé. Ou simplement nerveux ?

Soudain, je ressentis une pointe de jalousie face à cette première exploration, ces tâtonnements maladroits. De là où j'étais, j'entendais le rythme s'accélérer, bruits de langues, halètements.

— Dis, fit-elle soudain.

Le garçon haletait. Ils échangeaient des regards, là-haut, ça s'entendait jusqu'ici. Des rires brefs. Comme des ricanements.

Puis, ils allèrent vers la porte, s'arrêtèrent pour un baiser rapide – j'entendis leurs dents s'entrechoquer. Ils l'ouvrirent et la vague sonore déferla sur nous. De nouveau, je plaquai une main sur mon oreille.

Pouvait-on espérer qu'ils s'enivrent à tel point qu'il me serait possible de filer inaperçu ? Pas sûr. Depuis que ces deux ados excités avaient fait leur entrée, puis leur sortie, c'était encore plus navrant de rester là. Comme s'ils m'avaient laissé encore plus seul qu'auparavant.

Entre les chansons qui se ressemblaient toutes, j'essayais de distinguer les voix dans ce flot de paroles et de cris. De toute évidence, il y avait un meneur parmi les garçons qui répondait par des grognements à tout ce qu'on disait. Des sons brefs, non articulés, que tous cependant semblaient comprendre. Il dirigeait la conversation. Sans beaucoup de mots, mais avec autorité. Une autre voix, claire et fluette, parlait en continu, en quelque sorte indépendamment des autres. Je me demandai avec qui elle pouvait bien discuter, avant de comprendre qu'elle devait parler au téléphone. À intervalles réguliers, elle s'interrompait pour lancer :

"Allô. Allô ?"

Je commençais juste à saisir la teneur de la conversation, lorsqu'une nouvelle vague de musique vint tout noyer. J'étais tenaillé par la faim et j'essayais de ne pas penser à la nourriture.

À côté, quelqu'un faisait le pitre, à en juger par les explosions d'hilarité et les applaudissements. L'alcool y était sans doute pour beaucoup : à chaque éruption, j'entendais ce hurlement de beuverie niais qui est de rigueur à cet âge quand on est un mec, parce qu'on pense que c'est comme ça que ça marche.

Enfin, il me semble. À en juger par ma propre expérience.

La soirée avançait. Les chansons tournaient toujours plus en rond, les conversations se faisaient de plus en plus hachées. Voix enrouées. Cris et bruits sourds. Corps alourdis, maladroits. J'avais réussi à retrouver mon calme et étais sur le point de m'assoupir, là sous le lit, quand j'entendis mon couple d'amoureux revenir dans la chambre.

Cette fois, les choses étaient différentes, je le compris tout de suite. La fille gloussait, hystérique, en fredonnant quelque refrain ; le garçon l'entraînait. Ils parvinrent à refermer la porte, avant de tomber par terre, l'un sur l'autre. Elle pouffait de manière incontrôlée, pendant qu'il essayait de la relever. Je la vis esquisser quelques pas de danse. Il l'empoigna et ils réussirent à se mettre debout – pour aussitôt s'écrouler sur le lit, si lourdement que le sommier faillit m'écrabouiller le nez. Je détournai la tête, sentant la douleur remonter vers le front. Je me demandai si je saignais.

Grimaçant dans mon coin, je tâtai prudemment mon visage. Ouf, pas de sang.

Au-dessus, les autres reprirent leurs ébats, et peu à peu, alors que la douleur s'estompait et que mes sens revenaient, je crus distinguer le zip des braguettes qui s'ouvraient.

Non, ce n'est pas vrai, me dis-je. Ce n'est qu'un rêve. Cette histoire doit s'expliquer autrement que par le fait d'être venu ici, de m'être caché dans le placard à balais, de me retrouver piégé à l'intérieur et, trop lâche pour me montrer, d'atterrir sous le lit comme témoin auditif des premiers pas d'un couple d'ados dans le monde de la fornication.

Ils haletaient, riaient et se léchaient comme des chiens qui lapent leur fond de gamelle. Mais avant qu'ils n'aillent beaucoup plus loin, j'entendis la fille bredouiller :

— Non, Marcus.

Un silence se fit. Il respirait lourdement.

— Mmm, quoi ?

— Arrête, je te dis…

Je poussai un discret soupir de soulagement, fermement décidé à élaborer un plan d'évasion, avant que je ne meure de faim ou que d'autres candidats ne viennent prendre le relais sur le lit.

Mais voilà que, comme si de rien n'était, comme si rien ne s'était dit, comme si aucune parole n'avait été échangée, le frottement du jean reprit. Ils s'embrassaient goulûment, ils gémissaient – et soudain un pantalon atterrit sur le sol, pas loin de mon visage. Elle éclata de rire, elle semblait plus éveillée. Dégrisée.

— Non, Marcus… Arrête, s'il te plaît…

— Quoi ?

— Arrête, s'écria-t-elle sans cesser de rire, comme si on la chatouillait et que tout ce qui se passait n'était qu'une plaisanterie. Je ne peux pas l'affirmer, mais mon intuition me disait qu'elle ne voulait pas.

Allez, dis non, la suppliais-je en pensée, avant de me rendre compte qu'en fait elle l'avait déjà dit. Elle riait toujours. Ils gloussaient tous les deux, mais elle avait dit non. Elle le répéta. Il n'y avait pas de doute.

— Non, Marcus.

Elle ne veut pas, Marcus, disais-je en pensée. C'est évident. Ça s'entend jusque sous le lit. Elle te l'a dit clairement. Elle ne veut pas.

Mais Marcus, lui, voulait. Il ne l'écoutait pas. Il n'avait pas l'air de vouloir écouter grand-chose, et, à en juger par les bruits, on pouvait dire d'avance comment ça allait se terminer.

Pourquoi personne ne vient ? me demandai-je. Où sont passés les autres ? Quelqu'un devrait être là. Quelqu'un devrait intervenir. Lui expliquer qu'il n'était pas forcé d'aller jusqu'au bout. Personne n'attendait ça de lui, bien au contraire – on attendait qu'il y renonce. Elle la première serait heureuse qu'il la laisse tranquille. S'il voulait que leur histoire continue, il valait mieux lui ficher la paix, tout de suite, avant qu'il ne soit trop tard. Les bruits persistaient de plus belle. Je finis par comprendre que c'était à moi d'intervenir.

Mais que se passait-il, au juste ? Sur quoi se fondait mon appréciation ? Des bruits isolés et des bribes de paroles. Et si je me trompais ? Si je faisais fausse route ? Si je substituais les fantasmes cochons et les souvenirs de ma propre adolescence à leurs explorations innocentes ? Qu'est-ce que j'avais entendu ? Je l'avais entendue dire non. Mais quel genre de non ? Et comment l'avait-elle prononcé, ce non ? Elle le dit en riant. Est-ce qu'on rit autant quand on veut vraiment dire non ? Avais-je le droit de m'immiscer dans leur relation, si je n'étais pas sûr à cent pour cent ? me demandai-je en me tournant sur le côté. Qui étais-je pour en juger ? Ne devait-elle pas protester un peu plus clairement ? Et si tout cela faisait partie du flirt ? Sa résistance pouvait être jouée. Ses plaintes, l'expression du désir. De même, l'angoisse qui remplissait la pièce n'était peut-être qu'un reflet de celle que j'éprouvais, moi. Si je me forçais à ne pas écouter, peut-être arriverais-je à m'abstraire de ce qui se déroulait au-dessus de ma tête ? On peut tout oublier pour peu qu'on se concentre. Et qu'on se détende. Je fermai les yeux. En vain.

Ils ne parlaient plus, on n'entendait que des frottements et des bruissements. Lui respirait fort, comme s'il était en train de tirer ou de soulever quelque chose. Elle était silencieuse. Parfaitement silencieuse. Même pas un sanglot.

Je pris mon élan, tournai la tête, fermai les yeux et inspirai profondément.

— ARRÊTE ! hurlai-je d'une profonde voix de basse, en tournant ma bouche vers l'extérieur afin que, renvoyé par les murs, l'écho soit plus fort que s'il était étouffé par le matelas et le sommier. Et puis, il y avait une chance pour que, dans leur ivresse, ils croient qu'il s'agisse de quelqu'un derrière la porte. Quelqu'un de grand et fort. Je trouvais que mon numéro était plutôt réussi. Une voix plus puissante et plus grave que je n'aurais osé espérer.

Un sursaut sur le lit, puis le silence. Dehors, toujours le brouhaha de musique et de cris.

— C'était quoi, putain ? entendis-je le garçon bredouiller.

Je me figeai, en priant pour que cela suffise. J'avais fait ce que je pouvais. Il n'allait tout de même pas recommencer ? Un tel avertissement venu du néant foutrait la trouille à n'importe qui. Sous la double emprise de l'ivresse et de la panique, ils décamperaient tout de suite et rejoindraient les autres fêtards, je l'espérais. Tout le monde se demanderait qui avait crié, mais personne ne saurait. Les deux mômes seraient happés par quelque chose qui effacerait de leur mémoire le fâcheux incident au lit. Peu à peu, elle se rendrait peut-être compte qu'il n'était pas l'homme de sa vie. Et lorsqu'ils auraient tout oublié et que toute la bande s'endormirait par terre, je filerais en douce…

Ma rêverie fut interrompue par l'apparition d'un crâne chevelu qui descendait lentement vers le sol. Une main releva le pan du couvre-lit, et mon regard croisa deux yeux rougis, qui disparurent aussitôt.

— Il y a quelqu'un sous le lit, chuchota-t-il tout bas en détachant les syllabes, comme s'il croyait que je ne l'entendrais pas à cette distance.

— Quoi ? fit la fille en reniflant.

— T'es qui ? demanda-t-il, plus fort à présent. Il s'adressait clairement à moi.

Je ne répondis pas, fis comme si je n'existais pas. Ce n'était pas prévu. J'espérais ne plus avoir à parler. Je fermai les yeux à nouveau et articulai d'une voix aussi autoritaire que possible la phrase qui me paraissait la plus appropriée :

— C'est la police.

D'abord, ils restèrent silencieux. Je les entendais respirer doucement. Puis, la fille, haletante, se mit à rassembler ses affaires éparpillées sur le lit. Une main chercha quelque chose à tâtons, puis trouva le pantalon jeté par terre. À chacun de leurs mouvements, je courais le risque d'avoir le nez écrasé par le sommier. Je tournai la tête sur le côté.

— Il y a quelqu'un là-dessous.

C'était sa voix à lui. Comme s'il avait encore des doutes.

— Qui ça peut être ? demanda-t-elle.

Un pied avec une chaussette et l'autre nu apparurent dans mon champ de vision. Ils se posèrent sur le sol, puis pivotèrent, les orteils tournés vers moi. Les pieds reculèrent, et je finis par voir toute la longueur des jambes. Un jean remonta rapidement des mollets à la taille.

Misant tout sur une seule carte, je criai de ma voix de basse la plus tonitruante. Une vraie voix de flic.

— FICHEZ LE CAMP, ET QUE ÇA SAUTE.

Les jambes s'immobilisèrent, et ce fut un nouveau silence.

Lentement, très lentement, je le vis s'accroupir et la tête chevelue réapparut. Le garçon me fixait du regard. Un visage rouge et bouffi qui suait comme après un match de foot. Les mains sur les cuisses, il me dévisageait d'un air défiant.

— D'où tu sors, toi ?

À sa manière d'écarquiller les yeux, je compris qu'il ne voyait pas bien.

— C'est qui ? s'écria la fille. Son gloussement un peu angoissé laissait deviner qu'elle s'attendait à ce que ce soit quelqu'un de la bande. Évidemment. Qui d'autre aurait pu ramper là ? D'instinct, je me collai encore plus au mur, puis je fis une nouvelle tentative :

— DÉGAGEZ !

Mais ce n'était plus ni effrayant ni crédible.

Soudain, une lumière m'éblouit, puissante comme un néon ou une ampoule soixante watts. Je dus fermer les yeux un instant pour m'habituer. Quand j'ouvris les paupières, il était toujours là et me regardait droit dans les yeux.

— T'es qui, putain ?

Pris de panique, je me couvris le visage avec mes mains et me déplaçai afin de lui tourner le dos. Un mouton de poussière me chatouilla le nez, je sentis que j'allais éternuer. Je serrai les dents, essayant de me retenir. Ce n'était vraiment pas le moment.

À côté, il y eut un petit silence entre deux chansons, et j'entendis mes deux mômes discuter entre eux.

— C'est un type.

— Quel type ?

— Un vieux.

— Mais qui ?

J'éternuai. Deux fois. Cela me rendit ridicule. Vulnérable.

Soudain, je sentis quelque chose m'effleurer. Je crus d'abord que c'était un pied ou un doigt, puis je compris que c'était une règle.

L'humiliation et la faim, mon nez qui me faisait mal, cette règle qui me piquait les fesses et le dos, le sentiment d'avoir peut-être mal interprété la situation – je ne sais pas ce qui était pire. J'attrapai la règle et l'arrachai des mains du gamin. M'extirpai de sous le lit et me dépêchai de me relever, la main devant les yeux comme si je me protégeais du soleil par une chaude journée d'été.

Tête baissée, je me précipitai vers la porte, poursuivi par les cris des deux ados.

— Arrêtez-le !

Le couloir était enfumé, je fonçai dans un gars qui tenait une bouteille en plastique et le liquide poisseux m'aspergea. Le type tomba à la renverse, et je me ruai vers la porte d'entrée, toujours une main devant le visage.

La fille dans la chambre hurlait comme dans un film d'horreur, une plainte aiguë et persistante. Le garçon criait :

— LE PERVERS SE CASSE !

Je savais que j'allais y arriver. J'avais de l'élan. Tout le monde était franchement saoul. Nul n'eut le temps de comprendre ce qui se passait : j'allais trop vite. Je m'élançai comme au départ d'un cent mètres, la main toujours devant le visage. Je saisis la poignée et appuyai dessus.

Verrouillé.

Pourquoi avaient-ils fermé à clé ? Qu'est-ce que c'est que ces jeunes qui font la fête la porte fermée à double tour ?

Je compris que j'avais besoin de mes deux mains pour tourner le verrou, alors je baissai celle qui me protégeait le visage, mais à cet instant de jeunes bras m'attrapèrent, me faisant tomber à la renverse. Je sentis mon crâne heurter violemment le parquet. Puis plus rien.

Je revins à moi allongé sur le canapé du salon de Jacob. Il y avait une quantité de filles autour de moi, perchées sur les accoudoirs et sur la table. Quelque chose de froid pesait sur mon front.

— Il se réveille, cria l'une d'elles.

Des visages se penchèrent sur moi. Dont celui de Cilla, la petite sœur de Jacob.

— Ça va ? demanda une fille aux longues tresses brunes, les paupières scintillant de paillettes.

Au moindre mouvement, une douleur lancinante me transperçait le crâne. Les visages me regardaient d'un air compatissant.

— Tu sais qui tu es ? demanda la fille aux tresses.

— Je t'ai déjà dit, c'est le pote de Jacob, fit Cilla.

La fille aux tresses se tourna vers elle et énonça avec aplomb :

— C'est ce qu'on doit toujours demander. Il peut avoir perdu la mémoire, on sait jamais.

Le truc glacé me brûlait le front. Je levai lentement une main pour l'enlever, mais quelqu'un m'en empêcha.

— Il faut laisser la glace.

La voix venait d'au-dessus, mais je n'osai pas lever les yeux à cause de la douleur.

— Il faut du froid, parce que tu t'es cogné la tête.

La bouche sèche, je bredouillai :

— Non, là, derrière.

— Qu'est-ce que tu dis ? demanda la fille aux tresses en se penchant davantage.

Elle puait la vinasse, j'eus soudain la nausée.

— Hé, il essaie de dire quelque chose, reprit-elle en faisant chut aux autres.

Elle colla son oreille contre ma bouche.

— Là, derrière, murmurais-je, sentant que je pouvais vomir à tout moment.

— Non, elle secoua lentement la tête. Par terre. Dans l'entrée.

Je l'écartai doucement, avant de vomir dans un hoquet le contenu de mon estomac. Le jet effleura le canapé et se répandit sur le tapis aux poils longs, déclenchant un tumulte dans l'assistance. La fille aux tresses se leva d'un bond, et le froid sur mon front disparut un instant.

— Merde, c'est dégueulasse.

— Allez chercher du Sopalin.

— Et s'il recommence ?

Je haletais, sentant une douleur aiguë à la nuque. Un bout de Sopalin à la main, je voulus me relever, mais on m'en empêcha et à nouveau je sentis le froid sur mon front.

— Là, derrière, soufflai-je. Je me suis cogné à l'arrière du crâne. Pas au front.

La fille retira enfin le sac de glace. Je vis du coin de l'œil que c'était un paquet de hachis surgelé, sans doute tout droit sorti du congélo de Jacob. Elle voulut le glisser sous ma tête, mais à la dernière seconde je parvins à la retenir :

— Ça va aller.

Trois types se tenaient à l'autre bout de la pièce, serrés l'un contre l'autre, les bras croisés sur la poitrine. Je reconnus celui de tout à l'heure. À la vue du vomi, l'un d'eux prit un air dégoûté.

— Tu sais comment tu t'appelles ? insista la fille aux tresses.

Vaut mieux pas, pensai-je, en m'efforçant d'éviter son haleine vineuse. Manifestement, elle avait du mal à fixer son regard. Et toi, tu sais comment tu t'appelles ?

Je me redressai, m'adossai au canapé, regardai alentour.

— Doucement, doucement, entendis-je une des filles psalmodier dans mon dos.

Je n'avais qu'une envie : m'enfuir, mais je compris que j'avais intérêt à rester et expliquer la situation de mon mieux. Je regardai autour de moi, sans apercevoir nulle part la fille de la chambre à coucher. Elle était peut-être rentrée. Si oui, elle avait bien fait.

— Il faudrait nettoyer ça avant que ça ne colle au tapis, dis-je en montrant le vomi.

Une fille en robe rose disparut dans la cuisine.

Soudain, une odeur familière me parvint. Venant de la fenêtre où l'un des types était en train de fumer. L'odeur caractéristique, douceâtre, de la marijuana chatouilla mes narines endolories.

— Vous savez que c'est une infraction à la loi ?

— Ah bon, tu vas peut-être appeler les flics ? rétorqua l'un des matamores.

— T'inquiète, répondis-je.

La fille en rose réapparut avec un gros rouleau de Sopalin qu'elle étala sur le contenu de mon estomac. Le dur à cuire s'approcha et me lança d'une voix en train de muer, à laquelle il s'efforça de donner une inflexion adulte :

— Et d'abord, qu'est-ce que tu fous là ?

Tout le monde se tut. Tous me regardaient. Marcus, celui de la chambre, se raidit, et je compris que, pendant mon évanouissement, il avait dû expliquer où ils m'avaient découvert. Je croisai le regard de Cilla : elle attendait un éclaircissement, un vrai.

Je pris une profonde inspiration et me relevai doucement. Puis, je baissai les yeux et racontai l'histoire depuis le début. Comment j'étais arrivé pendant que Jacob faisait le ménage. Comment, sans me faire remarquer, je m'étais caché dans le placard à balais, comment je l'avais entendu verrouiller la porte, etc. Jusqu'à ce que je me retrouve sous le lit.

La vérité a cet avantage qu'on n'a pas à se soucier des détails ou des failles logiques. Elle se suffit à elle-même. Si improbable que cela puisse paraître, je parvins à me rendre crédible. Peut-être voyaient-ils que j'étais sincère. Ils me posèrent des questions, m'obligeant à reprendre mon histoire depuis le début. Par moments nous rîmes tous ensemble. Bien évidemment, j'avais omis la vraie raison qui m'avait poussé à me cacher la première fois, à leur arrivée. Sans le vouloir, la fille en rose était ici venue à mon secours : elle n'arrivait pas à nettoyer le tapis et ne faisait que le salir davantage. Cilla était désespérée :

— Qu'est-ce que Jacob va dire ?

Je proposai de passer le tapis sous la douche.

— Mais pourquoi es-tu sorti de ta planque ? fit soudain celui qui fumait à la fenêtre.

De nouveau, tout le monde se tut et se tourna vers moi. Je vis Marcus se figer. Cette partie de la soirée n'avait visiblement pas été évoquée. On échangea un regard. Marcus et moi. Les autres nous observaient.

— Parfois, il faut savoir s'arrêter, dis-je, sans le lâcher du regard.

Après le départ de la bande, j'aidai Cilla à ranger l'appartement. J'avalai deux cachets d'aspirine ; dans une vieille trousse de secours, en haut du placard de Jacob, Cilla trouva une bande Velpeau que j'enroulai autour de mon crâne. Je ne sais pourquoi au juste, mais c'était agréable de marquer le coup de la sorte. On allait et venait, de pièce en pièce, tous les deux plutôt efficaces. Je nettoyai le tapis dans la baignoire et le mis à sécher à la fenêtre de la cuisine. Je versai de l'eau dans le cendrier et le vidai dans la poubelle. Cilla passa l'aspirateur et moi la serpillière. Dans le placard à balais où je m'étais caché au début, je trouvai un spray nettoyant qui fit disparaître les taches de vin sur le sol. À certains endroits, je dus frotter fort avec une éponge.

En sortant le paillasson sur le palier, j'aperçus sur le tableau d'affichage la photo des vingt-six ados désorientés avec leurs sourires mal assurés. Je m'arrêtai et relus l'invitation. Un court instant, je me demandai si, finalement, je n'y irais pas.

Une lavette à la main, Cilla me trouva en train d'examiner ces gamins au regard perdu. Elle me dévisagea d'un air méfiant, et ce fut alors que je me rendis compte que je pouvais enfin la regarder dans les yeux sans me préoccuper de ce qu'elle pouvait penser.

Traduit par Elisabet Brouillard, Marina Heide, Marianne Hoang et Aude Pasquier

LE BONHEUR...

Le bonheur, pour moi, c'est avoir la paix. Une belle journée. Des enfants heureux, qui m'aiment, et un portefeuille bien garni. Une maison en bord de mer et des palmiers qui se balancent dans le vent. Une plage de sable. Une Gibson Les Paul et deux monstres décapités que je viendrais tout juste de vaincre. Non, trois. Particulièrement coriace, le troisième. J'ai été super fort. Risque-tout, et en même temps froid et calculateur. Malgré la sueur, mes gestes restaient aussi précis qu'à la guitare, d'une certaine manière, érotiques. Pourtant, jusqu'au bout, je leur voulais du bien. Ce n'était qu'une question de légitime défense, mais après j'ai compris que les trois monstres risquaient d'anéantir la terre. Alors là, c'était clair que je ne pouvais pas les épargner. Et puis, un de ces vases d'Ulrica Hydman-Vallien*.

* Ulrica Hydman-Vallien (née en 1938), peintre verrier, dont les vases aux motifs colorés, notamment de tulipes, issus des ateliers de Kosta Boda, jouissent d'une grande renommée. *(N.d.T.)*

Pas trop grand, mais quand même. Et puis une blague qui marche bien au resto ou dans une soirée. Un bon gros rire. Un sang-froid inné. Et puis une fricassée de girolles. Avec beaucoup de beurre fondu. Et puis une bonne vieille glace Tip Top. D'ailleurs, je ne suis pas gros. Vraiment pas. Musclé, bien entraîné. Surtout les abdos. Avec un torse en forme de triangle. Et puis une stéréo géniale avec la meilleure musique et un son qu'on dirait pas que c'est vrai. Qu'on ne peut même pas imaginer. On essaie, mais on n'y arrive pas. Et c'est même pas fatigant. Comme des personnages qu'on ne peut même pas se représenter. Personne, même pas le type le plus malin du monde, comme moi. Mais ça, c'est rien. On les aime, c'est tout. Ils sont vraiment super. Si forts qu'on peut juste dire : Wouah ! Putain, c'est pas possible. "Eh ben si, ça l'est. Quand c'est moi." "Mais c'est juste pas pensable", qu'ils diraient et ils se mettraient à applaudir parce qu'ils pigeraient que tous ces trucs, d'une certaine manière, sont liés à moi. Mais que personne n'arriverait à comprendre comment j'ai fait. Que c'est fantastique de vivre tout ça. Que c'est une grâce, une bénédiction et le reste. En même temps. Que c'est comme le coup franc qu'a mis Anders Svensson contre l'Argentine à la Coupe du monde en Corée du Sud, puis quand Nelson Mandela est monté sur scène à Stockholm, en 1990. Puis Kate Winslet et Leonardo DiCaprio qui s'accrochent aussi longtemps que possible à l'étrave du *Titanic* (*Titanic* en moins), et puis l'Emil d'Astrid Lindgren quand il emmène Alfred, le valet de ferme, chez le docteur en pleine tempête de neige et que tout le village pense qu'il n'y arrivera jamais (et pourtant, si, il y arrive, et même à la fin, il devient une sorte de conseiller municipal ou un truc comme ça), puis *Bridge Over Troubled Water* de Simon & Garfunkel, dans leur concert de retrouvailles. Tout ça sur grand écran, avec un bon son. À peu près. Et puis, ne pas avoir le cancer.

Traduit par Isabelle Piette et Sophie Refle

KARIN

“Je m’appelle Kerstin”, dit Karin, phrase qu’elle regretta aussitôt. Ça lui avait échappé. Et maintenant que c’était dit, ça semblait idiot de revenir dessus. Si elle l’avait fait tout de suite, à la rigueur. Ç’aurait été comme si elle avait buté sur le mot. Encore que : qui bute sur son propre nom ? De toute façon, c’était trop tard. Comment l’aurait-elle formulé ? “Euh… tu sais, je t’ai dit tout à l’heure que je m’appelle Kerstin, mais c’est pas vrai. Je m’appelle Karin.” Impossible.

Pour ne rien arranger, c’était lui qui parlait à présent, et si elle ne l’écoutait pas avec attention, elle aurait vite fait de rater le coche là aussi.

Il parlait de football… ou bien ?… Oui, c’était cela. Ou de basket ? Enfin, il était question d’arbitre, en tout cas. “C’est clair, disait-il, c’est comme ça !” Il lui sourit. Elle lui rendit son sourire, leva les sourcils et fit un signe de tête approbateur. Tout en se demandant sur quoi ils étaient d’accord.

Ils firent un bout de chemin en silence et Karin se dit que cet instant lui offrait peut-être une chance. Sans trop savoir de quel genre de chance il s'agissait, mais le silence lui donnait, de toute évidence, une sorte de possibilité. C'est ainsi qu'il fallait l'interpréter : une invitation. Il se taisait pour qu'elle puisse dire quelque chose. C'est tellement rare qu'ils se taisent, les mecs, pensa-t-elle. Mais lui se taisait. Et elle, désormais elle s'appelait Kerstin, il fallait qu'elle s'en souvienne. Elle pourrait peut-être raconter que Kerstin était son deuxième prénom ? Un alter ego ? Au fond c'était presque la vérité. C'était le prénom qu'elle avait en réserve pour se tirer d'embarras ou garder ses distances. Le prénom qui lui servait à la fois sur Internet et dans les fins de soirées. Un rôle qu'elle pouvait jouer sans s'impliquer. Ce prénom avait toujours été synonyme de liberté. À présent c'était différent.

Il marchait à ses côtés, et une sorte de calme semblait émaner de lui. Malgré l'expression de ses yeux. Lorsqu'elle y plongeait son regard, il se passait quelque chose. Elle ressentait dans tout son corps une drôle de vibration. Pas comme d'habitude avec les mecs. Différent. Et pas désagréable du tout. Lui, pour sa part, cheminait tranquillement, devisant de foot. Ou de basket ? C'était quoi en fait ? Voilà qu'il recommençait… zut alors ! Il se tut un instant, et Karin eut l'impression qu'il attendait d'elle une réponse. Qu'est-ce qu'il avait posé comme question ? Il n'avait peut-être rien demandé. Mais ce qu'il avait dit appelait un commentaire. En tout cas, il marquait une pause. Lui offrait un espace à remplir. Pour qu'elle donne son opinion. Son avis sur le sujet. Il fallait bien qu'elle contribue à la conversation et ne se contente pas d'avancer comme une pauvre gourde en le laissant monologuer. Merde, elle n'avait pas pensé à ça. Le silence se prolongeait, et de toute évidence, si elle continuait à se taire, son mutisme pourrait être interprété comme de la réserve. De la froideur ou de l'indifférence. Au pire, de la bêtise.

Elle ne pouvait pas le regarder sans se trahir. Il se rendrait compte qu'elle n'avait aucune idée de ce qu'il lui racontait. Jusqu'ici elle n'avait pas prononcé une seule phrase. À part ce truc : Kerstin, et encore, c'était un pur mensonge.

Juste marcher, là. Parmi les arbres, au milieu des feuilles, à ses côtés. Marcher. Même pas en cadence, car ils étaient de tailles trop différentes. Son pas à lui était un peu traînant, mais souple et élastique. Elle avait une démarche trop lourde, elle le savait. Tout son poids vers le bas. Comme un cheval ou une vache. Elle n'y pouvait rien. N'avait pas la force de se préoccuper de sa démarche.

Elle était restée silencieuse depuis si longtemps qu'elle comprenait que ce serait bientôt fini. D'un instant à l'autre, il allait faire demi-tour. Si elle ne lui répondait pas tout de suite, si elle continuait à marcher sans rien dire, il se mettrait en pétard. En réaction à son indifférence, c'était inévitable. Puisqu'elle se montrait inaccessible, carrément dédaigneuse. Pourquoi la traiterait-il autrement, alors qu'elle se comportait comme un zombie ?

Et s'il la saisissait, la secouait, la plaquait contre le mur et lui demandait ce qui clochait chez elle ? Était-elle sourde ou quoi ?

Elle ferma les yeux. Inspira profondément et tâcha, en soufflant, de dissiper le silence assourdissant et la honte. Bientôt, ce serait fini.

De toute manière, il allait la plaquer quand il en aurait marre. À quoi bon gaspiller de l'énergie pour cette dingue, muette comme une carpe, qui ne l'écoutait pas et qui ne disait rien ? Elle ne savait plus où ils se trouvaient. Quelque part dans la forêt, loin du lycée. Ils allaient rater le prochain cours. Lui ne tarderait pas à faire demi-tour. Il rentrerait en courant et serait juste un peu en retard. La laisserait seule dans la forêt avec son mépris à l'égard d'elle-même.

Elle se rappela une série télévisée qu'elle avait vue plusieurs années auparavant : à la fin de chaque épisode, le héros revenait, et tout finissait bien. Ensuite, il y avait la bande-annonce de l'épisode suivant. On voyait les personnages s'engueuler à nouveau. Il la quittait quand même. Rien ne se passait comme on le supposait. Ou plutôt on croyait que ça s'arrangeait et ça ne s'arrangeait pas du tout.

Il ferait bientôt demi-tour et elle continuerait à marcher jusqu'à être sûre qu'il ne puisse plus la voir.

Allez, tire-toi, pensa-t-elle. T'es vraiment qu'un pauvre type à rester là sans obtenir aucune réponse à tes questions. Elle avançait sans plus s'occuper de lui, comme s'il était déjà parti, qu'elle était seule et que toutes les possibilités lui étaient ouvertes, comme si le monde était à elle et que rien n'avait d'importance.

Ils marchèrent, marchèrent pendant encore longtemps, et soudain elle leva les yeux vers lui. Curieusement, il la regarda aussi. Il souriait. Elle ne souhaitait qu'une chose : qu'il se tire et que ce soit fini. Elle décida de lui donner un coup de pouce :

"En fait je m'appelle Karin."

Ils continuèrent à marcher. Elle et lui, toujours à une allure inégale. Les feuilles tourbillonnaient dans l'air. Le sol était jaune, orangé et rouge. Comme dans un puzzle allemand de mille cinq cents pièces. Ses mots ricochèrent entre eux dans le silence. L'air était clair et froid, leur souffle faisait naître de petits nuages blancs. Y compris lorsqu'ils se taisaient.

Pendant un long moment, il ne dit rien. Il réfléchissait peut-être ou pensait que, cette fois, c'était à lui de se taire. Puis la réponse fusa. Si simple :

“D’accord.”

Les cours avaient commencé depuis longtemps. Quant à eux, ils se promenaient côte à côte, exactement comme tout à l’heure. Elle vérifia : il était toujours là. À marcher en silence à ses côtés. Elle trouva cela curieusement naturel, juste différent. Comme un changement de saison.

Traduit par Marianne Hoang et Anne Karila

FAIS-LE TOUT SEUL

À Axel, Fredrik avait dit qu'il l'avait construit lui-même.

Aux autres, il avait bien précisé que son père l'avait aidé. Il leur avait parlé des bons moments qu'ils avaient passés ensemble dans le petit réduit. Comment son père lui avait enseigné toutes les astuces, comment il lui avait appris à choisir le bon outil, à négocier le bon matériau, comment, excellent artisan doté d'une grande expérience, il avait transmis à son fils le savoir-faire qui devrait lui permettre à l'avenir de se débrouiller pour construire un sauna.

Tout le monde savait que son père était menuisier. Fredrik en était fier. Ils s'étaient bien amusés à construire ce sauna.

Lui qui avait toujours été plus proche de sa mère avait maintenant tissé de nouveaux liens avec son père. Cette image du père et du fils faisant des choses ensemble lui plaisait, et il ne manquait pas une occasion d'évoquer leur travail commun.

Mais à Axel, il avait dit qu'il avait construit le sauna lui-même.

Axel avait eu l'air impressionné, et Fredrik aurait dû en profiter pour rouler un peu des mécaniques, mais il avait aussitôt regretté ses propos.

Il ne savait pas si Eva avait entendu son mensonge, et du reste il se demandait ce qui était pire : être pris en flagrant délit d'imposture ou risquer d'être trahi à tout moment ? Il devait absolument se tirer de ce mauvais pas.

Pendant qu'Eva posait sur la table les assiettes et le pain à l'ail, Fredrik scrutait son visage pour essayer d'y lire quelque chose. Mais ses traits demeuraient parfaitement inexpressifs.

Pendant tout le repas, il chercha désespérément un moyen de remettre sur le tapis cette histoire de sauna afin de mentionner, mine de rien, l'aide que son père lui avait fournie. Faire machine arrière.

Axel restait silencieux, à tourner sa cuiller dans la soupe ; Eva et Anna parlaient de tout et de rien. Fredrik essaya à plusieurs reprises de ramener la conversation sur le sauna, mais sans succès, chaque tentative lui apparaissait comme une nouvelle vantardise.

— On y pense depuis longtemps et on ne voit pas d'autre solution, disait Anna.

— Vous en êtes vraiment sûrs ?

— En tout cas c'est ce qu'on va faire, dit Anna, se tournant vers Axel qui fixait toujours son assiette.

Il valait peut-être mieux faire comme si de rien n'était, se dit Fredrik. Après tout, Axel aurait pu avoir mal entendu ? Mais non, il savait bien qu'il avait été parfaitement clair. Plus il y pensait, plus ses propres paroles résonnaient dans sa tête : "C'est moi qui l'ai construit."

— On a vraiment essayé, reprit Anna. Vraiment.

Fredrik se rendait compte que plus les minutes passaient avant que la vérité n'éclate, plus son cas devenait irrattrapable. Et s'il essayait de noyer le poisson par la plaisanterie ?

— En tout cas, de mon côté, poursuivit Anna.

J'ai des photos, remarque, pensa Fredrik. Qui nous montrent ensemble, mon père et moi, en plein travail. Ce serait comme un aveu : les poser sur la table, regardez, on est là tous les deux, y a pas photo. Mais son jeu de mots ne le fit même pas sourire.

— Y a-t-il eu un élément déclencheur ? demanda Eva.

Axel avait toujours le regard rivé sur son assiette. Anna se tortillait sur sa chaise.

— C'est important de pouvoir communiquer, dit Anna.

— C'est bien de faire des choses ensemble, fit soudain Fredrik, d'une voix un peu plus forte que prévu.

Ils le regardèrent. Même Axel. Personne ne dit rien.

— C'est vrai, continua-t-il. Mon père et moi, on… on fait des choses.

— Reprends de la soupe, dit Eva en avançant la soupière.

— Merci, elle est vraiment délicieuse, dit Anna.

— Délicieuse, dit Axel.

Axel et Anna étaient leurs amis. En tout cas, ils appartenaient au premier cercle, celui des intimes. Fredrik les avait toujours considérés comme tels, avant de comprendre qu'au fond ce n'était pas lui qu'ils appréciaient. C'était Eva. Sans sa femme, ils ne se seraient jamais tous retrouvés ensemble, comme à présent. Lentement mais sûrement, au fil de broutilles, d'événements à première vue insignifiants, Fredrik avait fini par se rendre compte qu'Axel n'était pas son ami, mais celui d'Eva. Était-ce à cause de cela qu'il avait omis de mentionner l'aide de son père dans la construction du sauna ? Avait-il cherché à impressionner Axel pour reprendre un peu le dessus ?

— Ce n'est vraiment pas cool, dit-il tout haut.

Il remarqua qu'Anna évita de réagir. Axel continuait à se taire et à scruter sa soupe comme s'il y cherchait quelque chose. Eva tendit le bras par-dessus la table et prit la main d'Anna, qu'elle serra très fort.

Axel était très habile de ses mains. Un vrai M. Bricolage. Taiseux, un peu mystérieux, et incroyablement adroit. Fredrik, lui, était un pro des relations humaines. À l'écoute des gens. Capable d'empathie. Doué pour tout ce qui touche aux sentiments. Les femmes de leur entourage appréciaient ces qualités chez lui, il le savait. Était-ce pour cela qu'il s'était senti obligé d'en rajouter un peu dans l'autre sens ?

Fredrik avait du mal à concevoir qu'on puisse ne pas l'aimer. Cette idée le troublait. Sa mère lui avait toujours laissé entendre qu'il était la perfection même. Comment se faisait-il qu'Axel ne l'appréciait pas ? Qu'est-ce qu'il lui avait fait ?

À présent ils étaient assis là, muets, à se resservir de la soupe. Une ride profonde s'était creusée sur le front d'Axel, et Anna paraissait de plus en plus tendue. Elle soupirait sans cesse – elle n'allait quand même pas se mettre à pleurer ?

Fredrik se demanda s'il ne devait pas dire franchement : "En fait, je ne l'ai pas construit tout seul. Mon père m'a aidé, c'est lui qui a fait le plus gros du travail." Juste pour se débarrasser de ce poids. Puis il se dit que ça sonnerait trop bizarre.

— Mais qui sait, dit Eva. Peut-être que ça va vous faire du bien ? Vous finirez peut-être par vous retrouver un jour ?

Personne ne répondit. Anna acquiesça vaguement ; Axel, quant à lui, continua à remuer la soupe avec sa cuiller. C'est absurde, se dit Fredrik. Il faut que je me calme.

Soudain, il sentit son embarras se muer en fureur. Pourquoi était-il là à se ronger les sangs ? Pour quelle raison ? Axel aurait pu lui poser la question, lui demander, comme n'importe qui l'aurait fait à sa place : "Ah bon, tu l'as construit toi-même ?", lui fournissant ainsi le prétexte à s'expliquer : "Non, bien sûr, mon père m'a aidé" – et on n'en aurait plus reparlé. Oui, si ça l'avait un tant soit peu intéressé, pensa Fredrik. N'importe qui aurait réagi comme ça. Au lieu de cela, à cause d'Axel, il avait passé toute la soirée l'estomac noué, à s'angoisser. C'était inadmissible. Minable. Pas question que cette histoire gâche tout le dîner.

— Voulez-vous voir des photos ? dit-il de la façon la plus enjouée possible.

Axel et Anna le dévisagèrent, médusés.

— Non, Fredrik, pas maintenant, fit Eva.

— Et puis merde !

Fredrik se leva d'un bond, prit son assiette, la flanqua dans l'évier, quitta la cuisine, passa devant le nouveau sauna, gagna la chambre et se jeta sur le lit. Il leur avait laissé leur chance. Personne ne pourrait dire qu'il n'avait pas essayé.

Traduit par Johanna Chatellard-Schapira
et Anna Marek

LA SAINT-VALENTIN

Peter a l'ouïe fine. En plein cours de grammaire, il entend un coup frappé à la porte. Il est le premier à l'entendre. Ce sont eux, enfin arrivés ; leur longue tournée, classe après classe, un couloir après l'autre, les a menés jusqu'ici.

Les voilà.

La poignée s'abaisse, mais la porte est verrouillée. Une pensée le traverse : si personne ne répond, peut-être vont-ils s'en aller.

Ils frappent à nouveau. De faibles coups sur un battant en matériaux modernes, bien insonorisé. Peter serait-il le seul à les entendre ? Personne d'autre n'aurait-il vu la poignée s'abaisser ? Ou bien sont-ils plusieurs à ne pas vouloir ouvrir ? Peut-être que personne dans la classe n'a envie de les voir entrer ? On en a assez de ces enfantillages. Ce n'est plus de notre âge. Allez-y, continuez à cogner.

D'une voix monocorde, Hansson décline les comparatifs irréguliers, mais Peter n'écoute plus. Les élèves feuillettent leurs manuels, notent avec application les explications du professeur. Tous ont l'air d'être entièrement absorbés par la grammaire. Bon, meilleur. Bien, mieux.

On est presque des adultes, se dit Peter en balayant la classe du regard. Des grandes personnes qui viennent à l'école pour acquérir des compétences pour la vie. Quant à cette comédie, à notre âge, on s'en moque. On sait bien que tout ça n'a pas d'importance. Dans la vie réelle, en dehors de l'école, les choses ne se passent pas comme ça.

La place de Peter se trouve juste à côté de la porte, et en principe c'est à lui d'avertir le professeur. Il l'a déjà fait tant de fois. Mais pas aujourd'hui. Il sent le stylo glisser dans ses doigts moites. Les yeux rivés sur son livre de grammaire, il essaie de trouver un comparatif irrégulier. Petit, moindre. Mal, pis.

Peut-être finiront-ils par s'en aller.

On frappe encore. Cette fois, tout le monde l'entend.

La classe comprend. Ils sont là ! Les représentants du conseil d'élèves.

Toute activité s'interrompt séance tenante. Un murmure d'impatience s'élève, et d'un instant à l'autre, l'ambiance studieuse se transforme en un chahut indescriptible. Quelqu'un pousse même un cri : “Ils sont là !”

Hansson déverrouille la porte et l'ouvre en gloussant. La délégation franchit le seuil et avance rapidement jusqu'au bureau du prof. Petra Hultin, avec une feuille de papier à la main. Annika et Samir portant chacun un grand seau rempli de roses rouges. À la vue des fleurs, un frisson d'impatience parcourt la classe. Certains se mettent debout. Un élève s'assoit sur sa table. Anna vient vers Petra Hultin, lui dit quelque chose. Sans doute un détail à régler. Petra fait un signe d'acquiescement. C'est donc Anna qui va chercher parmi les fleurs celles affublées d'une carte portant le bon nom. Elle commence à les manipuler, comme si elle faisait partie des organisateurs.

Petra Hultin trace une croix en marge de la liste et réclame le silence. La classe finit par se calmer.

Peter sait que Gusten n'aura pas de rose cette année. Il en est sûr et certain. Madde en aura. Anna aussi. De même que Robert Sigurdsson, Nicklas W. et Anton. Jocke Strömberg ? Peut-être. Sara et Jenny. La plupart des filles, sans doute. Josefin en récoltera tout un tas. Cela va de soi. C'est drôle que tout le monde s'obstine à lui en offrir alors qu'elle en reçoit déjà tant. Une rose de plus ou de moins, qu'est-ce que ça peut lui faire ? Visiblement, elle s'en fiche.

Peter, lui, donnerait n'importe quoi pour recevoir une fleur à cette occasion. Tout ce qu'il demande, c'est juste une rose, pour en finir avec l'insupportable attente : sera-t-il le seul à en être privé ? Il s'adosse au mur, le doigt toujours glissé dans le manuel, comme s'il n'attendait que de pouvoir reprendre le travail. Comme s'il ne s'agissait que d'un dérangement momentané.

Pourquoi ne s'en est-il pas envoyé une ? C'était possible. Il suffisait d'indiquer son numéro et sa classe sur une carte, sans la signer. Pourquoi ne l'a-t-il pas fait ? Pourquoi ?

Avec son crayon, il entreprend d'entourer de petits points le titre sur la couverture du manuel.

— Anders Bengtsson, commence Petra.

Anders s'avance. Avec un sourire embarrassé, rouge jusqu'à la racine des cheveux. En jetant un regard sur la carte, il hausse légèrement les sourcils.

— Nicklas Carlsson, poursuit Petra.

Nicklas bondit de sa chaise, en brandissant la main dans un geste de victoire, comme s'il venait de remporter un Oscar. Petra continue à égrener les noms. Les élèves se succèdent, se bousculent. Jörgen reçoit une rose. Vient le tour de Torben et de Mehmet. Il y en a deux pour Anton, qui les prend d'un geste brusque, se dépêche de regagner sa place et de les fourrer sous le pupitre. Sans même déchiffrer les cartes.

— Gustav Sjöberg, annonce Petra.

Gusten ? On aura tout vu, se dit Peter. Qui a bien pu la lui offrir ?

La classe entière réagit. Gusten a du mal à cacher sa fierté. Il avance d'un pas mal assuré, sans lever les yeux. Anna et Nathalie sifflent de surprise.

— C'est super, dit Annika en lui remettant la fleur.

— Oui, répond Gusten.

Petra reprend sa liste. Apparemment, il y en a pour tout le monde. Aurait-on changé de procédé ? L'école aurait-elle décidé d'offrir une rose à chaque élève ? Peter s'apprête à effacer la moue sceptique de son visage dès que son nom sera prononcé. Une rose, ça fait forcément plaisir. C'est toujours agréable de se voir apprécié ou de montrer qu'on a un petit faible pour quelqu'un.

— Kristina Andersson, annonce Petra.

Peter tressaillit. Est-elle déjà passée aux filles ? En a-t-elle fini avec les garçons ? Machinalement, il appuie si fort sur son crayon que la mine se casse. Quatre roses pour Kristina qui, sans raison apparente, se met à fouiller parmi les fleurs des autres, puis s'attarde devant le bureau à bavarder avec Annika et Samir.

Peter essaie de se faire une idée du nombre de garçons qui ont reçu des fleurs. Il se rend vite compte que tout le monde a une rose à la main.

Tous, sauf lui.

Josefin récupère l'un des seaux. Les deux dernières roses sont transférées dans l'autre. Pour ranger sa gigantesque moisson, elle doit poser le récipient quelque part. Un rapide tour d'horizon lui apprend que la seule table disponible est celle de Peter. Il a tout juste le temps d'écarter son livre.

— Oups, je t'ai arrosé ? glousse Josefin en arrangeant ses fleurs.

Peter ne dit rien. Il tente d'esquisser un sourire. Elle s'arrête un instant, regarde la flaque d'abord, Peter ensuite. D'un air neutre, sans désapprobation ni ironie. On dirait même que, l'espace d'un instant, elle compatit.

— T'as rien eu, toi ? l'interpelle Gusten dans le couloir pendant la récré.

Peter sait qu'il ne cherche pas à le blesser, mais que c'est plus fort que lui. Cette exclamation déguisée en question signifie que Gusten est moins étonné de voir Peter sans rose que d'en avoir reçu une lui-même.

Depuis belle lurette, Gusten et lui ont décrété que la cérémonie de la Saint-Valentin devrait être boycottée. Pourtant, la remarque l'atteint profondément. Comme une trahison. Il décide d'ignorer son ami. Si Gusten continue comme ça, il ne lui parlera plus de la journée. C'est la première fois qu'il reçoit une rose. De toute sa vie. Il devrait savoir quel effet ça fait de repartir les mains vides.

— Bah, on s'en fout, dit Gusten, essayant de dédramatiser.

Mais sa phrase ne fait qu'empirer les choses. Bien sûr, Peter est content que son meilleur ami ait une rose. Si quelqu'un en mérite une, c'est bien lui. Honnêtement.

Dommage que ça arrive justement le jour où, lui, Peter reste bredouille. Après tout, Gusten est habitué à ne rien recevoir. Pour lui, c'est normal. Ça n'a rien d'étrange. Ils auraient été deux.

L'an dernier, Peter a reçu une rose. De la part de Kerstin. Cette Saint-Valentin a été la plus glorieuse de toutes. Il ne faut pas s'attendre à ce que cela se reproduise chaque fois. Mais comme cette année il lui en a envoyé une, il s'attendait à en recevoir en retour. En vertu d'une sorte d'accord tacite. Par ailleurs, il en a offert une à Josefin. Et aussi à Mia en 1re ES3.

Heureusement, il n'a pas signé les cartes. Sauf celle destinée à Kerstin : "Pour une super-copine", avait-il écrit. Ouais… À présent, il regrette d'avoir acheté cette foutue fleur. Il devra se débrouiller pour l'éviter dans les couloirs.

Tout le monde se bouscule, on compare les fleurs, les noms marqués sur les cartes. Normalement ennuyeuse, l'école s'est transformée en quelque chose d'encore pire.

Gusten se rend compte de la morosité de son ami, change de sujet et se met à parler des devoirs de maths. C'est plutôt touchant. Peter a envie de lui dire : "Espèce d'abruti. Occupe-toi de ta rose pour une fois que tu en as une." Mais il se tait. Il n'a vraiment pas envie de parler. Il marche tête baissée sans desserrer les dents.

Le cours de maths est d'une monotonie réconfortante. L'enthousiasme débordant de la Saint-Valentin finit par se noyer dans les démonstrations interminables des équations proposées par la prof.

Quand la sonnerie retentit, les élèves semblent avoir subi une cure de sérieux et d'ordre. Peter espère qu'à la pause tous auront fait disparaître leurs fichues fleurs et que le quotidien reprendra ses droits.

Mais, comme si la cérémonie de la distribution n'avait pas suffi, quelqu'un eut l'idée lumineuse de scotcher les roses aux portes des casiers. Impossible de dissimuler le nombre de fleurs reçues. Ni leur absence.

Des filles courent dans les couloirs, proposant des rouleaux de gros scotch.

Presque tous les casiers arborent à présent des roses, une ou plusieurs, mais çà et là on aperçoit un vide. Peter essaie d'identifier leurs propriétaires, à la recherche d'éventuels alliés pendant la pause déjeuner.

Rien sur le casier de Magnus ! Comment est-ce possible ? Magnus de terminale ES3 n'a pas reçu de fleur ?

Cela paraît incroyable. Magnus, le favori de la Saint-Valentin ! Si Josefin en est la reine,

Magnus est le roi. Non pas qu'ils se fréquentent, ils ne se connaissent peut-être même pas, mais ils partagent la première place au palmarès de la popularité.

Magnus sans rose le jour de la Saint-Valentin, c'est comme si le grand patineur Evgeni Plushenko quittait la glace sans ours en peluche.

Magnus en a eu, c'est certain, mais il les a fourrées dans son casier, et en passant, Peter l'entend dire qu'il ne compte pas les exhiber :

— Tout ça, c'est de l'arnaque commerciale.

Peter a beau admirer cette rigueur morale et politique, un jour comme celui-ci, ça ne le console pas beaucoup. Au fond, il doit reconnaître qu'il se serait senti mieux si Magnus non plus n'avait rien reçu.

Arrivé dans la travée où se trouve son casier, il aperçoit un attroupement devant celui de Josefin. Les élèves excités se demandent comment elle va se débrouiller pour faire tenir toutes ses fleurs. Avec un simple morceau de scotch, ça ne tiendra jamais.

Quelqu'un propose de placer le seau au-dessus du casier. L'idée est catégoriquement rejetée par les autres qui penchent pour la construction d'une sorte d'espalier.

Un élève va chercher le gardien.

— M'sieu, on a besoin de fil de fer, pour Josefin.

Peter observe la scène. Ce n'est que quand Josefin lui demande de rapporter le seau vide qu'il prend conscience que *toutes* les portes de la travée sont décorées de fleurs.

Même la sienne, qui arbore une rose chétive.

Peter la fixe, le seau à la main.

Est-ce une erreur ? Quelqu'un se serait-il trompé de casier ? Ou bien quelqu'un aurait acheté une rose exprès pour la scotcher là ? La cafétéria en vend toute la journée.

Il y a également une carte. Peter la déplie :

Tu es le meilleur.

Le message pourrait s'adresser à n'importe qui, une erreur n'est toujours pas exclue. Peter fait semblant de rien. N'osant pas se fier à la sensation de chaleur qui se répand dans sa poitrine, il ne veut surtout pas paraître surpris. Discrétion avant toute chose.

Il range son livre de maths, prend celui de biologie, ferme le casier et, docile, va porter le seau en plastique dans la loge du gardien.

La biologie est d'un ennui encore plus mortel que les maths. Mais Gusten est de bonne humeur. Et ça se comprend ! Pour la première fois de sa vie, il a reçu une rose à la Saint-Valentin. Il parvient néanmoins à ne rien laisser paraître. Pas un mot là-dessus. Peter non plus ne souffle pas mot de la surprise qui l'attendait sur la porte de son casier. Peut-être aura-t-elle disparu à la prochaine pause, quand la personne qui l'a scotchée s'apercevra de son erreur.

Mais non, elle est toujours là.

Peter ose enfin examiner la carte de plus près. Il a bien le droit de mener sa petite enquête, après tout, c'est son casier. S'il veut restituer la rose à son propriétaire légitime, il doit au moins vérifier s'il y a un nom quelque part.

Il examine le petit bout de carton sous toutes les coutures. Non, pas de nom de destinataire. Ni d'expéditeur.

"Tu es le meilleur." Qu'est-ce que ça veut dire ? Une phrase passe-partout. Mais pour Peter, c'est comme si quelqu'un pensait vraiment ça de lui.

Après le cours suivant, la fleur est toujours là. Peu à peu, Peter s'habitue à l'idée qu'elle va y rester.

Il ne dit rien à personne, il savoure simplement le bonheur d'être *agréé*. De faire partie de ceux qui ont reçu une fleur. Pas des masses, comme Josefin. Pas assez pour que leur absence saute aux yeux s'il les cache, comme Magnus de terminale ES3. Simplement être comme tout le monde. Avoir une rose.

— On t'en a offert une, finalement ? lui lance Josefin sur le chemin du réfectoire.

Ne sachant pas trop quoi dire, Peter répond par un sourire embarrassé. Jamais elle ne lui a adressé autant de mots. Soudain lui vient une hypothèse invraisemblable : et si c'était elle, l'auteur de ce compliment floral ? Elle aurait très bien pu sacrifier une de ses roses pour lui en faire cadeau. Il est pris de vertige, mais le raisonnement tient la route. Qui d'autre, sinon ? Kerstin aurait laissé à coup sûr un message.

Au fond d'elle-même, Josefin le trouve peut-être formidable ? Ou bien s'est-elle contentée de prendre une de ses propres roses avec carte et tout ? Peu importe. Et si elle a vraiment choisi celle-là, elle doit penser que le message lui convient.

Peter se demande comment savoir si Josefin a une rose de moins qu'au début. Il pourrait lui poser la question sans détour, mais la franchise n'a jamais vraiment régné dans ce lycée.

Comme d'habitude, il déjeune en compagnie de Gusten. Il a complètement oublié de vérifier qui parmi les élèves n'a pas eu de fleur.

Les cours terminés, Gusten et lui rentrent en bus avec Erik qui tient négligemment ses trois roses. Peter et Gusten ont chacun la leur.

— Qui te l'a offerte ? demande Erik, tout en composant un numéro sur son portable.

— La prof de maths, répond Gusten.

— Oh putain, et toi ? lance Erik à Peter sans même le regarder.

— Anonyme.

— Waouh, fait Erik, les yeux rivés sur son téléphone.

Pour gagner le quartier qu'ils habitent, Gusten et Peter peuvent choisir entre deux arrêts de bus. Descendre dans le centre, le chemin que Peter trouve plus sympa, puisqu'il y a plus de choses à voir, ou bien passer par les champs, comme le préfère Gusten, parce que le trajet est plus court.

Ce jour-là, ils choisissent les champs. Sac sur le dos et rose à la main, ils suivent le long sentier qui monte vers leur lotissement.

— Je crois que la mienne vient de Josefin, lance Peter au bout d'un moment.

Il n'en est pas vraiment sûr, mais il formule tout de même cette hypothèse. Qui produit l'effet escompté : Gusten sursaute.

— Qu'est-ce que tu racontes ? C'est vrai ?

— Bon, je ne dis pas qu'elle l'a achetée. Elle m'a peut-être donné l'une des siennes.

— Qu'est-ce qui te fait croire ça ?

— J'en sais rien. Elle a peut-être eu pitié de moi ?

Gusten secoue la tête.

— Pff !

— Tu penses que non ?

— Elle ne ferait jamais ça !

— Pourquoi pas ?

— Tu rigoles ? Nombriliste comme elle est !

— Elle n'est pas nombriliste.

— J'te jure que si !

— C'est juste parce que tu ne la connais pas !

— Parce que toi tu la connais, peut-être ?

— Non, mais…

— Elle ne ferait jamais ça !

Pendant un moment, ils marchent en silence. Les pauvres roses, malmenées pendant toute la journée, font triste mine.

— C'est vraiment la prof de maths qui t'a offert la tienne ? Vraiment ? demande Peter.

— Oui. Écoute un peu : “Pour tes efforts tout au long de l'année. Amitiés. Gunilla.”

Peter n'a pas envie de lui faire connaître son message. Ça ne regarde que lui. Une petite pensée personnelle de la part d'une admiratrice inconnue.

— Mais c'est chouette d'en avoir une, dit Gusten.

Peter avance, en tâchant d'éviter les flaques. Avec ce fichu chemin, on ne sait jamais où on met les pieds. Les deux marcheurs glissent sans arrêt. Gusten s'en moque. Il suit Peter sur l'étroit sentier qui longe le fossé départageant les champs. C'est toujours Peter qui ouvre la marche. Sans le faire exprès. Comme si Gusten choisissait systématiquement de rester en arrière.

— Il faut que je la remercie, à ton avis ?

— Laisse tomber, marmonne Gusten. C'était pas elle.

— Qui d'autre, sinon ?

— Pff, méfie-toi d'elle.

Il est jaloux, se dit Peter. Cela se comprend, mais pas la peine de faire le rabat-joie. Pourquoi rejette-t-il d'emblée l'idée que Josefin ait pu lui offrir une rose ? C'est énervant. L'impensable dans le monde de Gusten ne l'est pas forcément dans celui de Peter.

— Je peux tout de même montrer que j'apprécie le geste, dit Peter.

— Si tu veux que tout le monde se moque de toi, vas-y.

Il y a, chez Gusten, quelque chose qui a toujours agacé Peter. Pourquoi est-il aussi mou ? Que serait-il arrivé s'ils n'avaient pas toujours traîné ensemble ? Peter l'aime beaucoup, ils sont copains, leur amitié semblait toujours aller de soi. Même quand ils se chamaillent. Mais il lui arrive aussi d'avoir honte de Gusten, sans trop savoir pourquoi. Peut-être parce qu'il ne s'impose jamais. Qu'il est toujours prêt à s'effacer au bénéfice d'un autre. Bien souvent au bénéfice de Peter. C'est chez lui une qualité fantastique, mais Peter aimerait que, de temps à autre, il fasse preuve d'initiative. Au lieu de toujours patauger dans la boue derrière lui.

Idem pour les filles. Gusten part du principe qu'il n'aura jamais de petite amie au lycée. On a l'impression que ça déteint aussi sur Peter. Comme si, juste parce qu'ils sont copains, ils devaient suivre les mêmes règles : travaille bien à l'école, ne regarde pas les filles, ne te fais pas remarquer et, surtout, ne prends jamais part à toutes ces bêtises qui ne servent qu'à renforcer la hiérarchie établie.

Peter essaie parfois d'imaginer ce qui serait arrivé s'il avait choisi de se lier avec quelqu'un d'autre. Erik, par exemple. Ou bien, Magnus de la terminale ES3. Un peu de leur éclat aurait-il rejailli sur lui ? Aurait-il fait partie de ceux qui obtiennent trois ou quatre roses ?

— T'es jaloux, lâche Peter. Juste parce que t'as aucune chance avec elle.

— Parce que tu crois que t'en as une, toi ?

— Au moins, moi, j'ai reçu une rose.

— Moi aussi.

— Pas de sa part.

— Toi non plus.

Ils marchent en silence. Peter devant, Gusten derrière. La rose de Peter s'est fanée. Il se demande s'il ne devrait pas la jeter dans la neige boueuse. On dirait qu'en dehors de l'école, elle n'a plus aucune valeur. Mais ce serait tout de même sympa de la rapporter à la maison. Pour faire plaisir à maman.

— Quant à Josefin, je vais voir ce que je fais, annonce-t-il soudain, pour montrer que c'est lui, et lui seul, qui décide.

— Te fous pas la honte, c'est tout, marmonne Gusten derrière lui.

Soudain, Peter s'immobilise et se retourne. Gusten lui rentre dedans, écrasant sa fleur déjà mal en point.

— C'est quoi ton problème, bordel ? hurle Peter.

— De quoi tu parles ?

Peter tourne les talons et se remet en route. Gusten se laisse distancer.

— Et pourquoi est-ce qu'elle ne m'aurait pas offert une rose ? crie Peter en allongeant le pas.

Ils continuent sans un mot. Puis Gusten lui lance de loin :

— Parce que "tu es le meilleur".

Évidemment. Peter aurait dû le deviner tout de suite. Il aurait dû reconnaître l'écriture. Il fait encore quelques pas. Puis il s'arrête et se retourne.

Lentement, Gusten s'approche de sa démarche chaloupée, sa rose écrabouillée à la main. Il lève le regard sur Peter :

— C'est pas que je sois pédé, hein…

Il s'essuie le nez avec la manche de son blouson, une habitude qu'il a depuis l'enfance. La peau a déjà rougi à cet endroit. Elle va rester rugueuse jusqu'au mois d'avril.

Traduit par Véronique Lezla
et Laurence Mennerich

PROCÈS-VERBAL

— Bon, des mecs comme ça, ça fait juste pitié. Ils se ressemblent tellement qu'ils devraient être potes. Ils boivent pareil, ils sont habillés quasi pareil, ils ont tout pareil, à part qu'il y en a un qui a une casquette, mais sinon, ils sont pareils. La même chemise rayée à col boutonné, le même costume foncé, les mêmes chaussures, le même ordi. D'ailleurs, ce genre de mecs, ils sont tous pareils, on croirait qu'ils sont en uniforme et qu'ils ont leur flingue sur les genoux. Ils sont restés assis pendant tout le voyage, sérieux comme pas possible alors que tout ce qu'ils faisaient, c'était écouter de la musique. Je parie que ça devait être la même. Maintenant, ils ont arrêté et mis leur ceinture parce que les ordis, il faut les éteindre pour l'atterrissage, et ils regardent droit devant eux, raides comme des cadavres. Ça fait vraiment pitié. À mon avis, ils prennent l'avion tous les jours, alors ils pourraient devenir potes et rigoler ensemble, causer, s'amuser, quoi, en allant au boulot. Enfin, vous voyez ce que je veux dire ?

Je suis assis plutôt vers le fond de l'avion, à côté d'une bonne femme qui porte une espèce de robe africaine. Les deux mecs sinistres sont plus devant, de chaque côté du couloir, sinon y a que des vieux. Sauf, et ça c'est top secret, que tout devant il y a quelqu'un de super connu. Je blague pas : vraiment SUPER connu. Je peux pas dire qui c'est, juste que son prénom, ça commence par K, et que son nom de famille, c'est comme un tableau, mais pas peint. Vous avez deviné, non ? Il est genre juste derrière la porte du cockpit, enfin pas tout à fait, sur le côté, quoi, ça se comprend, non ? Ça y est, vous avez pigé ? C'est simple, il suffit de penser "image". Merde, je vous l'ai dit. Eh ouais, c'est lui, le Karl Bild* qui fait de la politique, celui qui est genre Premier ministre ou quelque chose d'encore plus important. Genre le mec à qui le Premier ministre doit demander la permission pour faire quelque chose. Je suis sûr, quasi, que c'est lui. En tout cas, il lui ressemble trop. C'est le seul qui vaut le coup d'œil parce que les autres, ils sont tellement tristes qu'ils feraient s'arrêter une horloge atomique, sérieux. Bref, me voilà.

Et c'est là que mon téléphone se met à sonner. Vous imaginez ? Et je m'y attends tellement

* "Image" se dit *bild* en suédois. Le narrateur parle de Carl Bildt, ancien Premier ministre suédois de 1991 à 1994, dont il orthographie le nom de manière incorrecte. *(N.d.T.)*

pas que je saute en l'air, genre, parce qu'en principe faut éteindre son téléphone pendant le vol, et j'aurais dû le faire (quand j'ai commencé à m'intéresser à tous ces types sinistres autour de moi), ensuite je l'ai vu, lui, là, vous savez bien de qui je cause, le Karl Bild. Et maintenant, v'là que ça sonne. Il y a une vieille derrière qui s'excite comme une malade, elle hurle qu'il faut que je l'éteigne, que c'est dangereux, qu'on peut se crasher et tout, si je l'éteins pas tout de suite. "Éteignez-le, éteignez-le", qu'elle répète. Je lui dis : "C'est bon, c'est bon… Du calme."

Mais là, je le trouve pas, et ça me met presque en panique, parce que je me demande où qu'il peut être et ce qui va se passer si je le trouve pas. Je vais pas pouvoir l'éteindre, la vieille derrière, elle hurle encore plus fort et l'hôtesse arrive et commence à s'énerver elle aussi. Du coup je suis encore plus stressé, je cherche partout, dans toutes mes poches, dans mon sac, et à la fin je me mets aussi à hurler genre : "Putain, arrêtez, vous me stressez."

C'est là que je le trouve. Tout au fond de mon sac. Au fond du fond. La sonnerie de mon téléphone, c'est le thème du *Flic de Beverly Hills*, elle est trop bien, avec c't'intro de malade. Vous voyez ? Et juste quand je vais l'éteindre, là, la vieille derrière, elle hurle encore plus et l'hôtesse se penche, genre, elle veut me prendre mon téléphone, mais je retire le bras pile à temps, encore un peu et elle me le piquait, j'arrive juste à l'éviter, mais le téléphone, il est glissant, les téléphones ils sont tous glissants. Et là, oups, il s'envole genre juste au-dessus d'un des deux mecs (en chemise à col boutonné), celui à la casquette, qui est assis du même côté, devant moi, quoi. Bon, le mec pige pas ce qui se passe et se retourne pour voir ce que je fabrique, je lui souris, genre, mais il bouge pas. Enfin. J'hallucine comme il réagit pas du tout alors que le téléphone vole au-dessus de sa tête. On dirait une momie, quoi. Et moi, genre, putain, mais il a rien remarqué ? Il est complètement attardé ou quoi ? C'est quoi son problème ? Il est là tout seul, il cause à personne, il a l'air coincé comme pas deux. Il regarde droit devant lui, un vrai soldat, et il remarque même pas quand un téléphone passe au-dessus de sa tête. Un soldat de merde, oui ! Et moi, genre : hé mec, relax, souris quoi. Mais vraiment, ce que je me dis, c'est : regarde autour de toi, c'est plein de clones, ici. *Pic One.* Détends-toi, cause un peu. Pète un coup, tu te sentiras mieux. Putain, Karl Bild *is on board.*

Enfin, bref. L'avion commence à pencher et je me souviens de mon téléphone, il s'est envolé, et moi, j'ai même pas eu le temps de l'éteindre. Là, j'en veux grave à l'hôtesse et à la vieille derrière, donc je me lève et je crie : “Vous êtes contentes de vous, les bouffonnes ?” L'avion penche encore plus, et l'hôtesse, tout ce qu'elle sait dire, c'est “Asseyez-vous”. J'obéis pas. “Pourquoi que l'avion penche ?" je fais. Elle, elle crie : "Asseyez-vous !" Je réponds : "Même pas en rêve !" Elle : "Asseyez-vous immédiatement", comme une maîtresse d'école ou un juge, je veux pas dire un juge de touche au foot, mais un juge au tribunal avec une perruque et une robe noire. Et moi, genre : *"Objection Your Honor."* Bon, j'en étais où ? Ah oui, elle me crie que je dois m'asseoir parce que l'avion va atterrir, mais moi je fais : "Et mon téléphone alors ?" Parce qu'il coûte un max et que je viens juste de le faucher, non, je plaisante. Je l'ai pas depuis longtemps, je viens juste de transférer mon répertoire, il est allumé, et un téléphone allumé, c'est super dangereux en avion et si on devait se crasher juste à cause de ça ? Elle serait contente ? Hein ? Mais elle, elle crie encore une fois : "ASSEYEZ-VOUS." Genre c'est tout ce qu'elle sait dire.

Bon. En tout cas, je m'assois, rageux, parce que je me dis qu'on n'a pas le droit de se conduire comme ça. On n'a pas le droit de piquer le téléphone de quelqu'un sans lui demander son avis pour le faire tomber ensuite (surtout s'il est allumé et que ça peut faire se crasher l'avion). C'est n'importe quoi, non ? Et c'est ce que je dis à la bonne femme assise à côté de moi. "C'est n'importe quoi" que je lui dis, parce que je suis trop énervé et qu'il faut que je parle à quelqu'un, n'importe qui. La daronne à côté de moi, c'est une vieille, genre, normale et tout. Avec des cheveux noirs, une robe genre boubou, elle a rien dit pendant qu'il se passait tout ça, elle a juste continué à lire son catalogue de meubles. Si bien que je commence à me demander : de quel côté t'es, toi ? Pour de vrai ?

"Calmez-vous", qu'elle me fait. Je réponds : "Facile à dire, c'est pas votre téléphone, putain." Mais elle, elle continue à regarder ses meubles.

Bon. L'avion atterrit, et moi, je n'ai qu'un truc en tête, normal : OÙ EST MON TÉLÉPHONE. Mais l'hôtesse, elle bouge pas de son siège, sa ceinture est attachée et elle a l'air mauvais, alors que son job, c'est d'être poli, non ? (C'est sûr, ça fait même partie des règles.) Mais elle l'est pas. Elle bouge pas de là où elle est. Même quand je l'appelle. *Okay*. Donc je répète : "EXCUSEZ-MOI, MAIS OÙ EST MON TÉLÉPHONE ?"

Et voilà pas que le connard devant moi se lève. Un des deux en chemise rayée à col boutonné, celui à la moche casquette avec je sais pas quel insigne dessus, alors qu'il est même pas jeune, il est quasi vieux, mais il porte quand même une casquette comme ça. Il a pas bougé de tout le voyage. Au point qu'on pouvait presque croire qu'il était mort et tout. Il se lève genre à moitié et me crie, la voix super-grave : "TOI, TU T'ASSOIS ET TU LA FERMES." J'en reviens pas. Qu'est-ce qu'il a, lui ? *Okay*, je m'assois. Et c'est là que je vois que l'autre mec en chemise rayée, qui est quasi son sosie un peu plus loin de l'autre côté du couloir, qui n'a rien à voir avec l'histoire, rien du tout, celui-là, il regarde le premier et je vous jure qu'il lui fait comme un clin d'œil. Je vous le jure. Enfin, pas un vrai clin d'œil, mais quasi. Genre il établit un contact avec celui à la casquette pour lui signaler, pas avec une lampe, mais vous voyez ce que je veux dire, hein, il lui fait clairement comprendre, genre en levant les sourcils et en remuant la tête : "Bien envoyé, hé hé hé." Ou un truc comme ça. Je les vois clairement entre les sièges, en train de se regarder, l'air super content. Tous les deux. Celui à la casquette et celui à la cravate, même si le mec à la cravate a rien dit du tout. D'ailleurs, il a rien fait non plus, mais il trouve que l'autre a fait très fort, qu'il a bien gueulé ou je sais pas quoi. Et je vous jure, ces deux-là, ils se connaissent pas, ils se sont pas parlé de tout le voyage, mais là on dirait deux pédés en chaleur juste parce qu'il y en a un qui trouve que l'autre a assuré. Ils se font des grands sourires, quoi. Genre ils se marrent comme des baleines. Et je me dis, alors maintenant vous êtes potes ou quoi ? Et je le dis tout haut à la vieille à côté de moi. Celle en boubou. "Vous les avez vus, ces deux-là ? Vous les avez vus ?" que je lui fais. Mais elle fait genre comme si j'existe pas. Elle continue à regarder les meubles dans son catalogue.

Bref. C'est là que je vois mon téléphone. Il est tout près. Au milieu du couloir. Pas loin du tout. Alors je le montre à madame boubou et je lui dis qu'il faut que je passe mais elle secoue la tête et me montre du doigt le signal lumineux et me dit qu'il faut attendre que l'avion ait fini d'atterrir ou soit arrivé à la porte ou je sais pas quoi, si bien que je peux que rester là où je suis, alors que je vois mon téléphone mais je peux pas aller le récupérer. Et là, je crie. "Non mais hé !" Parce que je vois parfaitement qu'il se trouve exactement devant la chemise à rayures numéro deux. Juste à côté de son siège. Il n'aurait qu'à se baisser pour le ramasser. "Hé vous là-bas ? Vous pouvez me passer mon téléphone ?" que je fais. Je vois qu'il m'a entendu. Il est pas sourd. Il a entendu quand le connard à la casquette a crié, mais il fait semblant de rien, genre. Donc je recommence : "Z'êtes sourd ou quoi ? Vous pouvez me passer mon téléphone ?" Et là, je le vois qui jette un coup d'œil à l'autre, celui à la casquette qui a gueulé, et il shoote maintenant dans mon téléphone si bien qu'il part encore plus loin dans le couloir. Et ils se regardent encore une fois. Vous pigez ? *Okay*. Alors là je me dis, putain, ce coup-ci, c'est la guerre. Maintenant, je vais le récupérer, mon téléphone. J'en ai rien à foutre du machin allumé, je défais ma ceinture, je saute par-dessus la vieille en boubou et je vais pour prendre le téléphone, de toute façon l'avion, il bouge plus, qu'est-ce qui peut arriver, je veux dire. Mais juste quand j'ai quasi la main sur le téléphone, boum, je me mange. Genre je me gamelle, je m'y attendais pas du tout, et je me tape le menton sur l'accoudoir, hyper fort. Ça fait super mal. Et quand je me retourne, je vois que c'est lui, le mec à la cravate, celui qui était si content quand l'autre connard à la casquette m'avait gueulé dessus, que c'est sa jambe. Il m'a fait un croche-patte, genre. Je le mate vraiment rageux parce que j'ai super mal. Vraiment super mal. Mais lui, il fait semblant de rien. Comme tous les autres. Personne n'a rien vu. Et je sens qu'il y a quelque chose qui coule de ma bouche et ça fait encore plus mal. Je vois qu'il y a du sang, genre, oui, c'est du sang. Et je vois que j'en ai partout, sur la veste et le reste, partout, et là je crie à ce connard à la cravate : "T'es une vraie salope, toi !"

Mais le mec, il regarde l'autre, celui à la casquette, le premier qui m'a crié dessus. Qu'il connaît même pas. Et genre ils hochent la tête tous les deux.

C'est là que le putain de signal lumineux s'éteint, tout le monde se lève et pense plus qu'à se tirer, et après que Karl Bild est descendu, tout le monde se faufile à côté de moi dans le couloir et la vieille qui était assise près de moi, celle au boubou, elle ferme son catalogue de meubles et elle se casse. "Vous avez vu" que je lui crie, mais elle s'arrête même pas. Elle me regarde même pas. Et le connard à la cravate range son ordi et passe aussi. Le téléphone est plus nulle part et je dois genre me mettre à plat ventre pour le chercher sous les sièges et du coup je suis couvert de sang et de saleté sur tout mon blouson, sur mes mains, partout. Et là, aplati par terre comme un putain de poulpe ou plutôt comme Anja Pärsson quand elle a gagné une course de ski, je regarde l'espèce de couloir en pente par lequel on quitte l'avion. Et je vois que le premier connard, celui à la casquette qui m'a crié dessus, il s'est arrêté et genre il attend son nouveau pote. Et quand le mec à la cravate arrive à sa hauteur, ils se saluent genre vraiment sincères, alors qu'en réalité ils se connaissent même pas. Ils se serrent la main, ils rigolent, ils se rendent compte qu'ils ont le même ordi et ils rigolent encore plus fort, ils se font un *high-five* et ils comparent leur chemise à col boutonné et ils se pincent les fesses. Enfin, vous voyez ce que je veux dire.

Traduit par Isabelle Piette et Sophie Refle

LE SENS DE LA FILE

Celle-là, elle ne comprend rien au bon fonctionnement d'une file d'attente. Voilà qu'elle vient de dévier sur la droite, vers le rayon confiseries. Cela l'éloigne de la caisse, et maintenant, nous tournant le dos, elle inspecte un à un les paquets de bonbons – rien qui puisse laisser croire qu'elle attend son tour. Ou qu'elle attend tout court. Elle fait ses courses, rien d'autre.

Quant à moi, je pourrais très bien être arrivé à l'instant. Elle n'a aucun moyen de le savoir. Impossible de me repérer de là où elle se trouve. Je n'ai pas vu son visage, seulement son dos. Et ce dos continue à faire ses courses.

Elle n'a pas laissé de caddie ou de panier pour marquer son territoire. Alors que sa défection a ouvert un espace significatif entre elle et la file. Elle s'en est écartée et elle est à présent occupée à parfaire ses achats. Même si elle se décide à ne pas prendre les bonbons, il n'en demeure pas moins qu'elle les étudie scrupuleusement. Et cela veut bien dire qu'elle n'a pas terminé.

Moi, j'ai fini. Tout est dans mon panier. Et puisque je fais la queue correctement, je dois avancer au rythme de la file. Sinon je romps la cadence. D'autres clients, qui pourraient arriver après moi, risqueraient d'en être incommodés. Je pousse mon panier jusqu'à la dame qui se trouve devant la dissidente – l'espace vide est ainsi comblé. J'épouse le mouvement de la file. Rien de plus normal.

Voyez donc, un peu de compagnie. Un monsieur âgé rejoint la file derrière moi. Il n'a sans doute aucune intention de permettre à un outsider de s'immiscer dans la queue. Il me soutiendra en cas de conflit. Il ne l'a pas vue dans la file, mais seulement devant le rayon confiseries en train de choisir parmi les bonbons. Elle opte finalement pour un Marabou, une fine plaquette de chocolat aux amandes pilées. Trop grande pour une personne et trop petite pour deux. Va-t-elle vraiment la manger toute seule ?

Quoi qu'il en soit, elle revient à sa place, comme si de rien n'était. Sans se retourner, elle s'approche de mon panier, à reculons, sans le voir. Elle ne fait attention à rien.

— Oups, lâche-t-elle quand ses mollets heurtent le panier. Elle lève les yeux et nous voit enfin, moi et le monsieur juste derrière. Elle sourit. Pas moi. Elle marmonne quelque chose qui ressemble à des excuses, en promenant alentour un regard déconcerté. Avant de se mettre dans la file derrière le monsieur.

J'arrive à la caisse, je paie et je commence à remplir mes sacs. L'homme a juste une bouteille de yaourt, de sorte que tous deux, lui et elle, ont le temps de régler avant que je ne termine ; elle se retrouve à côté de moi à ranger ses achats. Elle ne dit pas un mot, fait semblant de rien.

J'ai tout rassemblé et je peux m'en aller. Mais avant de partir, je la regarde dans les yeux. Elle me sourit de nouveau. Pas moi. Je dis les choses telles qu'elles sont :

— Vous l'avez bien cherché.

Traduit par Johanna Chatellard-Schapira
et Anna Marek

TARTINE DE CONFITURE

Après une petite sieste sur la terrasse, le meilleur des sommes – là-dessus nous étions d'accord –, bien meilleur que le sommeil nocturne (qui laisse à désirer, celui-là), nous sommes rentrés pour nous faire une tartine de confiture.

Nous avons pris du pain de mie dans le sachet en plastique et l'avons posé sur deux feuilles d'essuie-tout, nous avons sorti le pot de confiture du frigo et étalé la confiture à la cuillère avec précaution pour que ça ne déborde pas. Puis nous avons revissé le couvercle, remis le pot dans le frigo, rincé la cuillère avant de la ranger dans le tiroir.

Le plus important quand on fait une tartine de confiture, c'est de ne pas lésiner sur la confiture en s'imaginant qu'une fine couche suffit, comme pour un sandwich au pâté de foie ou au fromage. Les fines couches conviennent bien à certains ingrédients, mais avec la confiture c'est différent. La tartine de confiture doit en être vraiment imbibée. C'est le principe de cette tartine, beaucoup de confiture et peu de pain, ce qui ne vaut pas nécessairement pour d'autres en-cas, qui peuvent très bien être élaborés à partir du pain et pour ainsi dire relevés avec quelque ingrédient. En ce qui concerne la tartine de confiture, le pain doit être aussi ordinaire et fade que possible, il doit seulement servir de support à la confiture et offrir la légère résistance masticatoire qui renforce la sensation du sucré, vu que la tartine de confiture, en réalité, n'appartient pas à la catégorie des sandwichs : on la range parmi les desserts ou les sucreries. Ou tout au plus parmi les goûters à l'américaine.

Nous avons mangé notre tartine de confiture sur la terrasse, assis dans le douillet transat au tissu fleuri en position à moitié relevée, tout en regardant les corneilles se disputer un sac de détritus qu'on avait négligé d'enfoncer assez profondément dans le conteneur à ordures poisseux dont s'échappait une forte odeur de rance mêlée à celle du vomi. Les corneilles avaient déniché le sac et maintenant elles s'acharnaient dessus. Peut-être s'y mettaient-elles à plusieurs pour l'ouvrir, c'était dur à distinguer de là où nous étions assis.

Des gouttes de confiture tombaient sur notre ventre nu pendant que nous mangions. Certaines coulaient dans les plis, alors il fallait chercher avec les doigts, se contorsionner, se cambrer et s'étirer pour atteindre tous ces délices. En léchant les doigts, on sentait la confiture se mélanger au goût salé de la crème solaire, ce qui n'était pas tout à fait désagréable.

Quand la tartine fut terminée et que nous n'eûmes plus rien sur le ventre ni sur les doigts, nous eûmes envie d'en manger une autre, mais maman avait dit une seule par jour, alors on a préféré se la réserver pour son retour.

Les corneilles tiraient sur le sac d'ordures éventré et sur les débris qui en sortaient. Des boîtes de glace, des papiers de beurre et des sachets de chips. Des tickets de caisse et des emballages plastique. Du pain de mie moisi. Des pots de confiture vides.

Abstraction faite des oiseaux près de la poubelle, c'était une journée très calme. Il fallait vraiment tendre l'oreille pour entendre le bruit de l'arrosage automatique du voisin.

Dans cette ambiance tranquille nous avons perçu un son nouveau. Un raclement régulier, dont l'intensité augmentait. Comme une valise à roulettes qu'on tire sur des gravillons. Comme le skateboard de Håkan Larsson.

Au loin, au coin de notre rue, nous avons aperçu un personnage gringalet aux cheveux clairs, vêtu d'une chemise à manches courtes, on aurait dit Håkan Larsson. Ça avait tout l'air d'être lui, avec ses mouvements saccadés quand il avance sur sa planche à roulettes se propulsant du pied – et lorsqu'il fut plus près, nous avons vu que c'était bien Håkan Larsson, en effet.

Satisfaits de l'acuité de notre observation et contents de notre ouïe fine, nous nous sommes enfoncés plus profondément dans le transat et avons fait semblant de dormir, parce que Håkan Larsson, il fait partie de *ce genre-là*.

Du genre qui bouffe ses amis. Qui dévore tout. S'empare d'un sujet sans aucun effort et te l'arrache comme on arrache son doudou à un petit enfant.

Du genre à qui tu prêtes ton vieux recueil lu et relu des nouvelles de Salter et qui se ramène le lendemain avec tous les bouquins de Salter disponibles dans le pays, en semant autour de lui autant de citations de Salter que toi tu sèmes de jurons.

Du genre que tu emmènes à un match de foot et qui, avant la fin de la rencontre, a eu le temps de se procurer une écharpe de supporter et un abonnement pour la saison, d'apprendre par cœur le nom de tous les joueurs et de l'entraîneur, voire même du fournisseur d'équipement. Du genre qui rentre ensuite chez lui et tapisse son appart aux couleurs de ton équipe, puis t'appelle pour savoir où vous irez vous mettre dans l'ambiance avant le prochain match et te demande si tu as envie de l'accompagner à une fête organisée par le club "seulement pour les plus mordus", où l'on pourra rencontrer quelques-uns des joueurs, avec lesquels il a du reste déjà fait connaissance.

Du genre à qui tu passes un jour ta chanson préférée de Bonnie "Prince" Billy, et avant que tu aies eu le temps de mettre la suivante, il est déjà devenu fan de Bonnie "Prince" Billy, achète tous ses disques, lit tous ses articles, t'appelle survolté comme s'il t'apportait la révélation du siècle : "Tu savais que son vrai nom c'est Will Oldham ?" Du genre qui dégote des enregistrements pirates dont tu n'as jamais entendu parler, écrit des lettres à son idole et t'annonce un beau jour qu'il va le rencontrer lors de sa tournée en Suède, parce qu'il a des contacts – ce genre-là a toujours des contacts –, et tu n'as pas le temps de t'installer dans le canapé pour écouter le dernier album de Bonnie "Prince" Billy qu'on frappe à ta porte, et c'est lui, le bras sur l'épaule de son nouveau meilleur copain Will.

C'est le même genre qui l'année suivante a tout oublié et échangé ses disques de Oldham contre Rin King Press, qui ne se rappelle pas qui est James Salter et qui soutient désormais l'équipe de Djurgården, estimant qu'il n'y a rien de mieux que le hockey sur glace, et qui te dit que tu devrais maigrir, partir de chez toi, te bouger un peu.

Nous faisons tout pour l'éviter. S'il vient, on fermera les yeux et on fera semblant de dormir. Mais ce bougre commence à gueuler :

— Tommy !

On se rend compte qu'on a encore de la confiture sur les doigts. On aimerait bien pouvoir la lécher, mais ce n'est pas possible tant qu'il est là et qu'on fait semblant de dormir.

— Tooommy !

N'importe qui à sa place verrait qu'il n'est pas le bienvenu et se tirerait. Tout autre que lui comprendrait : peu importe que la personne qu'on appelle dorme ou pas – pour de vrai –, si cette personne ne répond pas, on s'en va. N'importe qui pigerait le message et ferait preuve d'un peu de respect. Mais pas Håkan Larsson.

— Toooooommy !

Le truc quand on fait semblant de dormir, c'est de ne pas en faire trop. Plutôt d'en faire le moins possible. Ne rien faire, en réalité. Seulement rester allongé sans bouger. Se détendre et essayer de penser à autre chose. Plus vous arrivez à penser à autre chose, mieux c'est. Surtout ne pas faire semblant de ronfler ou quelque chose du genre, si vous ne le sentez pas. Ouais, dans la plupart des cas, mieux vaut éviter le ronflement. Il est rarement crédible. Le ronflement est l'un des trucs les plus durs à faire en matière de simulation. Dans le pire des cas, il peut ruiner toute l'illusion. Le mieux est de se concentrer sur une image reposante ou une scène agréable.

Anna-Carin Steglund, de la maison d'en face, par exemple. Anna-Carin que nous ne voyons plus sauter sur l'énorme trampoline que papa Steglund avait installé sur la pelouse au printemps dernier. Ça n'a pas duré longtemps, mais on espère qu'elle va s'y remettre. On avait une si belle vue d'ici. Et même si nos avis divergeaient, certains pensant que ce n'était pas bien de rester à mater Anna-Carin (pas la peine de vouloir se défiler, on sait très bien comment on la mate Anna-Carin Steglund), on n'a pas raté une occasion de s'affaler dans le transat et de faire semblant de dormir, en se rinçant l'œil devant ses formes naissantes. Tous autant que nous sommes.

Nous sommes rarement d'accord.

Le plus souvent, nos avis divergent. Nous aimons le hip-hop et l'électro gothique bien lourd à plein volume, même si la forte intensité sonore nous fait mal aux oreilles. Nous sommes aussi capables d'apprécier la musique douce d'auteurs-compositeurs-interprètes, tout en sachant que ça colle mal avec le hip-hop. Naturellement, nous réprouvons ces paroles où il n'est question que de drogue et de cul, mais nous les connaissons par cœur et les fredonnons volontiers quand personne n'écoute. À part ça, Dana Dragomir nous met la larme à l'œil, et on a acclamé Carola en douce lors du dernier festival de la chanson, dont on prétendait ne rien avoir à foutre mais qu'on a regardé dans notre chambre en mettant le son tout bas, alors que maman pensait qu'on s'était couchés.

On voudrait bien éviter le chômage, mais on n'a pas le courage de chercher du travail, et on se méprise de ne pas avoir le courage. On devrait continuer nos études ou au moins suivre une formation proposée par la mairie, mais ça ne tombe jamais au bon moment. À notre avis. Certains parmi nous aiment l'ordre, mais aucun n'a la force de ranger sa propre chambre. La plupart aiment rester dans le transat sur la terrasse, même si quelques-uns s'en plaignent. Ils sont minoritaires.

Dès que les Steglund ont emménagé il y a quelques années, on a trouvé la mère Steglund sympa. On l'a trouvée sexy, avec son style un peu mémère, quand elle est venue se présenter en tant que notre nouvelle voisine, vêtue de sa jupe aux genoux et ses collants sombres, avec son chemisier à nœud lavallière et son cartable. Face de lune, cheveux châtain coupés au bol et frange. De grands yeux ronds, mignonne comme une héroïne de bande dessinée. Comme ICAnita dans la publicité avec ICAnita et ICAnders.

Par contre ICAnders, lui (qui s'appelle en réalité Gunnar Steglund), nous a paru dès le début ennuyeux et désagréable, et ça n'a pas beaucoup changé depuis.

La fille Steglund n'était qu'une morveuse à l'époque, on la trouvait tout simplement casse-pieds. Et moche. En plus, elle allait certainement attirer une foule de gamins dans le quartier.

Nous détestons Håkan Larsson et savons que c'est un harceleur en puissance, mais ne pouvons pas nous empêcher de le fréquenter et de lui montrer notre dernier arrivage en provenance de Ginza. Comme si l'un de nous nourrissait le rêve illusoire d'être un jour élevé au rang de vrai copain. D'ami authentique. Au lieu d'être toujours considéré comme quelque chose d'acquis, comme sa propriété, et de se faire asticoter avec condescendance :

— Tooooooommmmmmy !

Nous sommes allongés et jouons tant bien que mal les dormeurs. Rester les yeux fermés nous rend somnolents. On a eu du mal à s'endormir cette nuit, car notre ordinateur s'est mis à crépiter dans le lit. Ça devait venir de l'interaction entre la transpiration et l'électronique. Ça n'est jamais bon, et quand l'ordinateur commence à vous envoyer des décharges, c'est horrible. Du coup, c'est plus facile de faire semblant de dormir maintenant.

Il semble sur le point de renoncer et de partir, lorsque l'un d'entre nous se met à tousser. D'abord un léger toussotement, puis une vraie quinte. Une cataracte qui dure près de trente secondes. Comme si nous voulions le retenir, pris par une peur soudaine qu'il se fâche et nous abandonne pour toujours.

— Tu vas dégueuler ou quoi ?

Nous levons à peine la tête, ouvrons des yeux pleins de larmes après ce violent accès. Håkan se faufile par le trou dans la haie, là où maman a dit qu'on ne devait pas passer parce que ça ne repousserait jamais, et traverse calmement la pelouse.

— T'as acheté des nouveaux films ?

Certains d'entre nous pensent qu'il ne faut pas répondre. Juste rester allongé et le fixer, ou bien fermer les yeux et se rendormir. Faire semblant d'avoir été réveillé par la toux, de l'avoir vu mais de s'en foutre. Comme s'il nous était parfaitement indifférent. Cependant, d'autres répondent à sa question :

— Oui.

— Lesquels ? dit-il d'un ton détaché, en nous examinant un court instant avec dégoût, avant de se laisser choir dans le transat de maman à côté du nôtre et de se mettre à pianoter sur l'accoudoir.

Nous regardons nos doigts, et un bon nombre d'entre nous voudrait se les fourrer dans la bouche pour les lécher, mais une part plus nombreuse encore les maintient sur le bras du transat et les fait légèrement glisser vers l'intérieur afin que Håkan ne les voie pas.

Le groupe pour lequel nous avons le moins de respect se met à débiter les titres arrivés par la poste ces derniers jours, et celui que nous méprisons carrément en cite quelques-uns qui ne sont pas encore arrivés mais qu'on a commandés. Ou du moins eu l'intention de commander. Quand on aura de l'argent.

— Que des merdes, commente-t-il dans un bâillement.

— Ils n'étaient pas chers, rétorquons-nous.

— Des disques ? demande-t-il en regardant avec impatience à la ronde pour bien montrer que là, il faut que tu te magnes parce que je vais pas rester des plombes.

— Rufus Wainwright. *Want One.* The National.

— C'est qui ça, putain ?

— Un groupe. Ils sont bons, vraiment. Le chanteur a…

— Et sinon ?

— Euh… ben… Ed Harcourt, Ray LaMontagne… enfin, un tas…

Assis dans le transat de maman, Håkan laisse errer son regard et ne dit rien. Exactement comme s'il n'avait pas posé de questions. Comme si l'on ne faisait que débiter des titres pour nous-mêmes. Alors on s'arrête. On repose la tête sur l'appuie-tête, sentant la confiture sur nos doigts sécher lentement au soleil.

— Qu'est-ce qui pue comme ça, bordel ? demande Håkan au bout d'un moment en regardant autour de lui.

— Aucune idée, répondons-nous les yeux tournés vers la poubelle où gisent les restes laissés par les corneilles qui se sont envolées à son arrivée.

Håkan se lève d'un coup et sort son portable. Il tapote sur les touches pendant un bon moment. Écrit quelque chose. Nous restons allongés et nous attendons. Il consulte l'écran et rit tout seul. Ça bipe. Il rédige un nouveau message. Qu'il lit en rigolant. Puis il retraverse tranquillement la pelouse.

— Je repasserai peut-être ce soir, dit-il en se faufilant dans le trou par lequel il était venu.

La majorité d'entre nous a envie de lui lancer : "Va te faire foutre", mais parfois on dirait que la majorité n'a pas de voix. Ceux qui décident ont résolu de ne rien dire. On n'a plus qu'un souhait : être débarrassés de lui. Nous enfoncer dans le transat confortable et nous endormir pour de vrai, mais visiblement on n'est pas assez fatigués.

Une fois qu'il a disparu au coin de la maison voisine, nous pouvons enfin lécher les restes de la confiture sur nos mains collantes. Ça n'a plus aucun goût. Nous détestons Håkan Larsson, et néanmoins nous commençons à réfléchir pour savoir quels films et quels disques on va lui prêter ou lui cacher, lesquels on va lui recommander et lesquels on va dénigrer.

On a hâte que maman rentre pour pouvoir manger la deuxième – enfin soyons honnêtes, inutile de nous mentir à nous-mêmes –, la troisième tartine de confiture de la journée.

Nous sommes bien conscients que la musique qu'on écoute est destinée à des mecs beaucoup plus jeunes, qui peuvent encore faire glisser leur pantalon sous leur cul sans le déboutonner.

Nous aimerions que l'un d'entre nous en saisisse plusieurs autres par la peau du dos et les expédie faire un tour de jogging, même si l'écrasante majorité voit bien que cette carcasse aurait l'air vraiment trop grotesque dans des chaussures de sport. On trouve les joggeurs ridicules, mais on a noté le numéro de TV-Shop, quand ils ont fait de la pub pour des appareils qu'on peut plier et ranger sous son lit.

Nous relevons la tête, tournons notre corps lourd dans le transat et nous apercevons que, merde, il y a des petites taches de confiture sur le tissu.

Nous reposons la tête pour profiter du soleil brûlant, bien que notre peau commence à rougir. Plusieurs parmi nous pensent qu'on devrait arrêter de répondre au téléphone la nuit. Certains estiment qu'il est bête de ramener tous ses sentiments à des chansons à la mode, d'autres pensent qu'on ne peut pas faire autrement. Une partie d'entre nous voudrait quitter la maison le plus vite possible, une autre a du mal à imaginer quelque chose de mieux que ce transat, sur cette terrasse, en cet instant. Nous avons chaud et nous avons froid, nous sommes exaltés et las, un affreux mélange de frustration et d'apathie. On devrait essayer de dormir, mais au lieu de cela on continue à se débattre dans la torpeur de la clairvoyance et à réfléchir aux *possibilités*. Bien sûr, il est toujours plus facile de s'abstenir, mais d'un point de vue existentiel qu'y a-t-il de plus ridicule que tout le temps *faire* un tas de trucs ?

Tout est proche, tout est loin. Ensemble, on est forts, on le sait. Seulement il est si difficile de rester unis.

La seule chose sur laquelle nous sommes du même avis, c'est la tartine de confiture.

Traduit par Marianne Hoang et Anne Karila

LA SEMAINE DU 17

— La semaine du 10 est blindée, dis-je.

— Juste une heure, insiste Karin. On se dépêchera.

Je fais glisser mon doigt sur les jours, en quête d'un trou dans mon emploi du temps. Je note en passant que le vernis commence à s'écailler à l'ongle de mon majeur. À l'autre bout du fil, Karin attend : je l'entends soupirer.

— Vendredi peut-être, dis-je. Pour le déjeuner. Quoique… Je serai à Sundbyberg et ensuite je dois être à Värmdö à… Non, impossible…

— Bon, fait Karin. Et la semaine d'après ?

Je tourne la page. Elle est collée à la suivante, j'ai du mal à la détacher.

La semaine du 17 est vide.

Toutes les autres semaines, avant et après, sont recouvertes de griffonnages : réunions, échéances, invitations, rendez-vous clients, déjeuners, préparatifs pour l'anniversaire de Jens, rendez-vous à la banque, dîners, réunions encore et toujours.

Mais la semaine du 17 est vide.

Comme si cette feuille avait réussi à se dissimuler derrière les autres, échappant jusqu'ici à toute réservation. Du 17 au 23 octobre, je n'ai rien de prévu. C'est un espace vide, un lieu ouvert. Une page blanche.

Pour combien de temps ?

On est fin septembre ; je suis au bureau, le téléphone collé à l'oreille, cette page immaculée sous les yeux.

Je m'apprête à y griffonner une heure quand, cédant à une inspiration subite, je me ravise : et si je laissais cette semaine vide ?

La voix de Karin, dans le combiné, se rappelle à moi. Je m'entends lui dire :

— La semaine du 17 est blindée. C'est l'horreur.

— Juste une heure. N'importe quand, tout me va.

Un moment de silence.

— Allô, tu es toujours là ?

— Hmm, dis-je.

— C'est possible ?

— Hmm. Non.

On décide d'en reparler plus tard. Je marmonne quelque chose à propos de la semaine du 24. Karin lance un bref "au revoir", puis raccroche.

Pas une seule annotation. Serait-ce une erreur ?

J'ai un instant d'inquiétude : aurais-je oublié quelque chose d'important ? Un voyage ?

Pourquoi une semaine vide, coincée au milieu des autres, surchargées ?

Soudain, cette surface vierge me fait prendre la mesure de la multitude de notes qui couvrent les autres semaines. Page après page, une vie quadrillée, planifiée jusque dans ses moindres détails, sans une faille…

Je gagne le coin cuisine, me verse une tasse de café, et la décision que je viens de prendre m'apparaît dans toute sa clarté.

Je ne vais pas toucher à cette semaine.

Je ne vais rien faire entre le 17 et le 23 octobre.

Un frisson de bien-être me parcourt tout le corps. Je respire, profondément. L'air s'engouffre en moi, comme s'il profitait de la faille qui vient de se créer.

Moment critique le jeudi soir, juste avant la fameuse semaine : Jens appelle au bureau pour me demander de garder les enfants mardi soir.

— Sois gentille… Tu es notre seul espoir, dit-il de sa voix la plus douce, la plus persuasive. Margareta a ce putain de cours toute la soirée. Et puis les mômes seraient super contents de voir leur tata préférée.

— Désolée, dis-je.

— Ça leur ferait tellement, tellement plaisir…

Je suis à deux doigts de céder, mais quelque chose me retient. Non, je ne reviendrai pas sur ma décision, rien n'y fera, pas même son soupir de jeune père de famille épuisé. À l'autre bout du fil, il s'énerve :

— Maman a raison ! Merde quoi, tu fais que bosser. T'as pas de vie.

Je pense à notre mère : elle n'aurait jamais accepté de faire un métier comme le mien. Pour elle, le travail, c'était de neuf heures à dix-sept heures, et d'abord l'affaire des hommes. À propos, dans le coin cuisine, ici, il y a une petite pancarte censée inciter les gens à ranger : "Votre maman ne travaille pas ici." En effet…

Jens me dit OK, tant pis, et je devine à sa voix qu'il est déjà en train de se demander qui d'autre il va appeler.

Après cette conversation, je sais que je vais y arriver.

Le vendredi 14, je me surprends à contempler une fois de plus la double page magique de la semaine suivante. C'est comme ça que je vois la vie. C'est pour cette raison que j'ai choisi un boulot où l'on est libre, où ça bouge, et pas un emploi fixe.

Avoir mon temps à moi.

Ce même vendredi, à cinq heures, je sors d'une réunion dans le quartier de Vasastan. En quittant le local, j'échange quelques mots avec un client : il m'assure avoir beaucoup apprécié mes propositions. Il me souhaite un bon week-end et s'en va. Moi, je reste là un petit moment, plantée sur le trottoir. C'est maintenant que commence mon temps libre. Mon temps à moi.

D'un pas presque hésitant, je descends la rue Odengatan, lentement, pour retrouver ma voiture au parking souterrain de Sankt Eriksplan. Un jour ordinaire, je serais rentrée chez moi, j'aurais dîné et me serais mise au lit. Mais ce n'est pas un jour ordinaire. C'est le premier jour de ma semaine libre.

Le soleil décline, l'air frais emplit mes poumons. Les arbres se dressent, rouge et or, les gens sont encore attablés aux terrasses, une couverture sur les genoux, les feuilles mortes bruissent sous leurs pieds.

Je m'enfonce dans le parking souterrain, jette mon grand sac et quelques papiers sur la banquette arrière, me refais un rapide chignon et verrouille la voiture avant de remonter au café Peppar, celui qui se trouve juste au-dessus du parking.

À l'intérieur, un tas de bibelots partout, jusque dans le moindre recoin : des guirlandes, des étoiles, des petites images vieillottes. Tout et n'importe quoi. C'est *too much*, en fait, mais je savoure : se retrouver dans un endroit pareil au moment où l'on s'y attend le moins, quel bonheur !

Je commande une bière, puis m'installe à une table près de la porte.

De là, je vois les gens entrer et sortir, ils me voient aussi. De temps en temps, j'adresse un signe de tête à l'un ou l'autre, un peu comme si nous nous disions au revoir.

Par habitude, je scanne la salle à la recherche d'une possible conquête masculine… non, rien à mon goût. La personne la plus belle est une femme, grande, à la coiffure sophistiquée. Consciente de sa beauté : la coiffure, à elle seule, est tout un programme. Je m'efforce de ne pas trop la regarder.

Peu de temps après, le café est bondé. Toutes sortes de clients. Un couple me demande la permission de s'asseoir à ma table. Oui, pas de problème. Ils font un commentaire sur le capharnaüm décoratif, et je leur souris :

— C'est fantastique, non ?

Ils sont bien d'accord. On reste un moment, tous les trois, à examiner les objets qui nous entourent. Ils me font l'effet de provinciaux. Moins à cause de quelque patois particulier qu'à cause du comportement, on voit qu'ils n'ont pas l'habitude de ce genre de milieu. Un peu comme moi, en fait. Puis, ils se mettent à parler entre eux, de sujets plus personnels, et je commande une deuxième bière.

Une demi-heure plus tard arrivent deux connaissances à eux, deux jeunes filles, qui se partagent la seule chaise encore libre. C'est plutôt marrant à voir, et elles rient sans arrêt. J'hésite à commander encore une bière, me disant que je ne peux pas rentrer en voiture, puisque j'ai bu. Finalement, j'opte pour un Coca.

Quand j'ai fini mon verre, deux autres personnes se sont ajoutées à notre table, la discussion bat son plein, des rires fusent. Je me lève pour partir, mais il n'y a pas moyen de passer. Ils mettent du temps à se rendre compte que je veux sortir. Je dis au revoir, mais ils ne m'entendent pas.

Dehors, j'aperçois un théâtre, de l'autre côté de la rue. Je regarde l'heure : il n'est peut-être pas trop tard ?

— Bonsoir, je voudrais une place, si c'est possible.

La fille au guichet lève les yeux de son journal et me dévisage, étonnée.

— Pour quand ?

— Euh… pour tout de suite.

— Ce soir, c'est complet.

— Ah bon… dommage.

Elle se replonge dans sa lecture, et je reste là, sans bouger. Après tout, je ne suis pas pressée. C'est une sensation inhabituelle.

— Je peux vous mettre sur la liste d'attente, me dit la fille au bout d'un moment. Sans lever les yeux du journal.

— Vraiment ? Il y a beaucoup de monde avant moi ?

— Pas mal.

Elle m'inscrit sur la liste. L'attente dure près d'une heure. Les gens arrivent petit à petit, je sens l'air se charger de leur impatience. Tous parlent de la mise en scène : “Il paraît que celui qui joue l’homme est fantastique.” “J’ai vu Pär Hansson dans ce rôle il y a plusieurs années.” Je jette un coup d’œil sur le programme, un modeste feuillet qui fait savoir que la pièce a pour sujet les problèmes relationnels. Après les deux bières, mon corps accuse le coup. Enfin, les portes de la salle s’ouvrent, on fait entrer le public. Je retourne au guichet :

— Vous pensez qu’il restera des places ?

— Non. C’est complet.

— Ah bon ?

— On ne peut pas accueillir plus de monde. À cause des normes de sécurité incendie.

— Bien sûr…

À quelques rues de là, j’entre dans un Deli-express encore ouvert.

Les clients vont et viennent, cafés, sodas et fast-foods défilent à une cadence effrénée. Cette rapidité me plaît, et je me dépêche d’attraper, moi aussi, un sandwich dans le rayon. Mais je vois qu’il a été emballé le 12 octobre et nous sommes le 14. Je lis la date sur d’autres paquets : même chose, le 12 ou le 11. Certains sont datés du 15, ce que je trouve encore pire.

Je renonce au sandwich, mais comme j’ai déjà passé pas mal de temps dans cet établissement, je prends tout de même un café. Il a un goût d’asphalte et de piste de jogging.

Dans le wagon de métro qui me ramène à la maison, il n'y a que moi, trois jeunes filles qui se partagent une paire d'écouteurs et un vieux bonhomme endormi. Un jeune gars monte à la station Université, il semble prêt à vomir d'un moment à l'autre. Soudain, je regrette les deux bières. Combien d'heures ai-je payées pour le parking ? Je ne me rappelle plus.

Je ramasse un exemplaire maculé d'*Expressen* et le feuillette au hasard, pour signifier au jeune homme que je veux être tranquille. Je tombe en arrêt sur une phrase : "Morte après avoir bu du cidre !"

À la sortie de métro Mörby Centrum, je me sens suivie. Je presse le pas autant que je peux, mais derrière moi quelqu'un marche tout aussi vite. J'oblique sur le petit sentier qui coupe à travers le bois. Là, au moins, il y a de l'éclairage. La personne qui me suit prend le même chemin. Quand j'accélère, j'entends que derrière moi on presse aussi le pas. Je fouille les poches de mon manteau à la recherche d'un objet dur, mais ne trouve que les clés. Je choisis la plus grosse, celle qui ouvre la remise derrière le garage. Je serre le trousseau dans ma main, laissant dépasser la grosse clé au maximum. L'autre, derrière, se rapproche encore, je l'entends haleter dans ma nuque. Je me prépare. Au sommet de la pente, juste sous un réverbère, j'inspire profondément et me retourne avec vivacité, en brandissant mon trousseau de clés.

Je pousse un cri.

La fille qui me suit crie aussi. Un bref instant, nous crions toutes les deux, en même temps. Puis le silence retombe. Elle me fixe. Elle fixe les clés. Elle arbore une courte jupe noire et des baskets. Une veste à la capuche relevée et un piercing dans le nez.

— Putain, qu'est-ce que tu m'as fait flipper, halète-t-elle.

Mon bras retombe, je remets les clés en poche et pars en courant, grimpe vers le sentier Svanstigen. Sans ralentir, je remonte le chemin du Trastvägen et déboule enfin dans mon jardin. Je me bats un moment avec les clés avant de pouvoir ouvrir la porte. Une fois à l'intérieur, je mets le verrou.

Une immense fatigue m'envahit. Je laisse tomber mes vêtements dans l'entrée, vais boire un verre d'eau dans la salle de bains, m'allonge sur le lit et m'endors.

Le lendemain matin, je me réveille à sept heures, le soleil brille par la petite fente sous le store. Je laisse le store baissé. Je me douche à l'eau froide pendant plusieurs minutes. Me sèche et m'enduis de crème. J'ai des courbatures après la marche forcée de la veille. Les bières aussi y sont peut-être pour quelque chose. Ça faisait longtemps que je n'avais plus bu comme ça. J'ouvre mon sac à main pour consulter mon portable. Pas de messages. Un long moment, je reste là à fixer l'écran. À quand remonte la dernière fois où je n'ai pas trouvé de message ? Pas d'appels manqués. Même pas Karin. Soudain, j'ai très envie d'appeler quelqu'un. Je passe cinq minutes à faire défiler les noms du répertoire, sans trouver à qui téléphoner. "Maman" apparaît. Je ne peux tout de même pas appeler maman. Qu'est-ce que je lui dirais ?

Je passe au salon, fais rouler la télé jusque dans la chambre à coucher, m'installe sur le lit avec la télécommande. Dessins animés. Émissions pour enfants sur presque toutes les chaînes. Je finis par regarder un concours sur Eurosport : des types baraqués en train de tirer toutes sortes de véhicules lourds. C'est un Suédois qui gagne.

Je vais dans la cuisine me préparer un expresso. Je le sirote en regardant par la fenêtre : le cadran solaire, juste en face, est de guingois. Il fait beau, mais la véranda est encore à l'ombre, il doit y faire trop froid pour s'y asseoir.

Vers l'heure du déjeuner, je m'habille. Je ramasse les vêtements qui jonchent l'entrée et les fourre dans la machine à laver. Puis je passe l'aspirateur et la serpillière dans toute la maison. Peut-être laver les vitres ? Mais la nuit va bientôt tomber, alors je me prépare une salade avec quelques restes trouvés dans le réfrigérateur. Je la mange au lit devant un jeu télévisé. Des stars défilent. Je n'en reconnais aucune.

Je lave la vaisselle, fais tourner deux machines et les passe au séchoir, le temps qu'il faut. Je nettoie derrière le meuble de la salle de bains. Il est lourd et ça me donne un peu mal au dos.

J'allume l'ordinateur et j'ouvre mes mails. Rien que des mails pour le boulot. À part un vieux dessin humoristique que Karin avait promis d'envoyer la semaine dernière et les éternelles photos que Jens prend de ses enfants. La chaîne ICA a besoin d'un nouveau texte pour ses dépliants publicitaires. Le journal *Land* souhaite me rencontrer. Håkan n'est pas content de certaines formules du mailing pour Colgate : ne pourrait-on pas jouer sur la répétition de "plus frais" ? Un gros envoi de Greenpeace. Encore un mail de Håkan : cette fois, il me propose de rejoindre une équipe qui concevrait, pour le gouvernement, des messages ciblés. Au fait, ajoute-t-il, je ne sais même pas de quel bord politique tu es. Contacte-moi si ça t'intéresse.

De quel bord politique je suis ? Je me rends compte que je n'ai pas voté aux deux dernières élections. Pas eu le temps.

J'ouvre la pièce jointe envoyée par Karin. D'après elle, c'est super drôle. Ça fait deux semaines qu'elle me casse les pieds avec ce dessin : il représente deux ours qui en enlacent un troisième, et devant, au premier plan, on voit un lapin qui a l'air malheureux. Je ne comprends pas.

À vingt-trois heures, je décide d'aller me coucher. Je rapporte la télé au salon, me déshabille et me brosse les dents. Je me jette sur mon lit, ferme les yeux, mais n'arrive pas à trouver le sommeil.

Je me tourne et me retourne. Respire. Me détends. Pas moyen de dormir. Au bout d'une bonne demi-heure, je me relève. J'ouvre le frigo pour constater qu'il est presque vide. Impossible de préparer quoi que ce soit avec ces résidus : une énorme bouteille de sauce chili, trois pots de marmelade exotique plutôt dégueulasse, de la sauce soja, un paquet de levure périmé, du Nutrilett "basses calories", un bocal d'olives entamé il y a longtemps, des fruits au sirop. Je passe dans le salon, sans allumer la lumière. Il fait noir, mais je distingue peu à peu les contours des meubles. C'est vraiment à moi, tout ça ?

Il est midi passé quand je me réveille le lendemain. Je reste au lit. Ça sent comme dans la cabane en bois, l'été. L'odeur des planches chauffées par le soleil. Je me sens toute molle. Un peu mal à la tête, à cause d'un sommeil trop prolongé. Je me force à sortir du lit, à poser mes pieds sur le plancher tiède.

Je ne sais pas pourquoi, mais la sensation d'être assise là, dans cette position, me plaît. Soudain, j'ai envie d'une présence. Ici, à la maison. Quelqu'un devrait me voir ainsi. Voir que je suis capable de prendre du plaisir. Quelqu'un qui se serait peut-être éveillé avant moi, qui s'affairerait dans la cuisine ? Qui me préparerait un petit-déjeuner, parce que je le mérite bien ? Peut-être avec la radio allumée ? Il règne un silence de mort.

Je vais chercher mon portable dans mon sac à main. Toujours pas de message. Du jamais vu.

Je me rends dans la cuisine pour mettre en marche la machine à expresso. Je reste un moment près de la stéréo à chercher un canal radio, mais pas moyen de tomber sur une bonne fréquence. Ça grésille et ça chuinte partout. Je finis par renoncer.

Je m'apprête à faire de la mousse de lait, mais je découvre que le lait est périmé et je bois mon café noir. Très fort. Je jette un œil sur un vieux numéro du *Dagens Nyheter*, je feuillette la rubrique "Divertissement" du supplément *Sortir*. Tout a l'air mortellement ennuyeux.

Après avoir retourné le journal dans tous les sens sans rien avoir trouvé de marrant, j'enfile un pantalon de jogging, un gros pull et je pars me promener. À peine sortie, je remarque que mon jogging n'a pas de poches. Tant pis, je garderai mes clés à la main.

Je passe à bonne allure devant les maisons voisines et je continue sur le sentier Svanstigen, indécise quant à la direction à prendre ensuite. Je vais tout droit, sans ralentir, mais je commence à me sentir mal à l'aise dans mon gros pull et mon vieux pantalon de jogging. Moche. Tout à coup, je mesure à quel point je suis moche dans ces habits. Les voisins pourraient penser que j'ai perdu la tête. En serrant très fort les clés dans ma main, je décide de rentrer en coupant par le bois. Je m'enfonce dans les broussailles, escalade la butte derrière les jardins, me fraie un passage entre les rochers et les taillis jusqu'à l'arrière de ma propre pelouse. Là, je pose le pied de travers sur une grosse motte d'herbe, et je sens ma cheville se tordre. Elle va sûrement enfler.

Je m'arrête devant le vieux cadran solaire, pour constater qu'il s'est affaissé encore davantage. On voit de loin qu'il est de guingois. Quelle heure peut-il bien indiquer ?

Quand je desserre la main pour ouvrir la porte de la véranda, j'aperçois des marques de clés sur ma paume.

À peine rentrée, je songe à appeler Karin. Pourtant, ce n'est pas avec elle que j'ai envie de parler. Ça fait d'ailleurs un bout de temps que je n'en ai plus envie. J'en ai assez du rôle qu'elle me fait jouer. Je me demande qui, au fond, elle ou moi, veut que je rencontre quelqu'un.

Dans la salle de bains, le programme d'essorage de la machine à laver se met en marche. J'entends le tambour tourner de plus en plus vite. Quand il s'arrête, le silence envahit toute la maison. Je tends l'oreille. Pas le moindre son. Je me demande à nouveau si je ne devrais pas appeler maman.

Je m'assieds devant la télé. Après avoir longtemps contemplé l'écran noir, je finis par allumer.

C'est une émission pour enfants : *Fifi Brindacier*, Tommy et Annika jouent aux naufragés sur une île. Tandis que Fifi fanfaronne devant ses amis éblouis, je sens une première larme couler sur ma joue. L'instant d'après, me voilà effondrée sur le canapé, en train de pleurer comme une Madeleine. La télécommande est toute mouillée, je l'essuie avec ma manche pour ne pas l'abîmer et la dépose sur la table de salon.

— Et si on lançait une bouteille à la mer avec un message dedans ? propose Fifi. Du genre : "Sans tabac depuis deux jours, nous dépérissons sur cette île."

Je me lève pour aller chercher un bloc de feuilles. Me réinstalle sur le canapé et baisse le son de la télé.

Je réfléchis. Sans amis dans cette maison. Je feuillette le bloc : impossible de trouver une feuille blanche. Je continue à tourner les pages, recouvertes de toutes les variations possibles sur un même thème : "Achetez !", "Achetez encore !"

À la fin du bloc, je découvre quelques feuilles encore vierges. J'écris : "Hello." Je regarde les lettres : elles ont une drôle d'allure. Comme si elles étaient écrites par quelqu'un d'autre. Je rature, puis je calligraphie, en dessous : "Sans but dans la vie, je dépéris en ce lieu." J'arrache la feuille, ouvre le bloc sur une autre page. J'écris :

Sans toi.

Pas mal. Tout à coup, j'ai envie de rire. Je poursuis :

Sans toi.
Qui es-tu ?

Je reste un long moment à scruter ces deux lignes. Tiens, c'est nouveau.

Je me lève, mon pied me fait mal. En clopinant, je gagne l'entrée pour y prendre l'annuaire téléphonique. Je le pose sur la table et l'ouvre au hasard. Je ferme les yeux et fais glisser mon doigt sur la page en comptant jusqu'à trois. Mon doigt s'arrête entre deux noms : Jan Larsson, Tunnelvägen, à Sollentuna, et Jan Larsson, Högbergsgatan, à Stockholm. À trois reprises, je me balance sur mes orteils avant d'opter pour le Jan Larsson le plus prometteur, et j'inscris son nom et son adresse sur une enveloppe. Je vais chercher un timbre dans mon bureau. Je le colle sur l'enveloppe, puis je pose la lettre sur la table de la cuisine.

J'ai envie de chanter. Et je me mets à clopiner à travers toute la maison en chantant et en dansant sur une jambe. Soudain, je me rappelle que ma voiture est restée au parking souterrain de Sankt Eriksplan. Je me change, j'enfile une robe que je n'ai plus portée depuis au moins deux ans, j'appelle un taxi et je passe les dix minutes suivantes à contempler cette lettre bien en vue sur la table de ma cuisine. Quand le taxi arrive, je décide finalement de la laisser là. Pour le moment.

Je pars avec le sentiment de m'être libérée d'un grand poids. Je m'installe dans le taxi, annonce la destination et la voiture s'engage lentement dans l'allée. Ce n'est qu'alors que je comprends enfin *qui* décide. Je m'enfonce dans le cuir frais du siège arrière en savourant cette pensée. Puis je me penche vers le chauffeur pour lui dire que j'ai changé d'avis. Pourrait-il me déposer devant le grand magasin Åhléns ?

Je règle la course et me dirige vers l'entrée principale, noire de monde. Je continue tout droit vers l'escalier mécanique, sans aucune envie précise, mais avec la nette sensation que tout pourrait arriver.

Au premier étage, je heurte quelqu'un. Je me retourne : tiens, cette fameuse ministre. Nous échangeons un sourire. Elle a l'air sympa. Rien à voir avec les images qu'on nous montre d'elle. Je souris à nouveau, brièvement. Elle me rend mon sourire. Nous nous dirigeons toutes les deux vers le même rayon. Nous voilà occupées à examiner les vêtements, à tâter leur étoffe. Je prends conscience qu'elle m'observe, et mes doigts se mettent à courir d'un cintre à l'autre. Je trouve un chemisier à mon goût et je l'enfile sous ses yeux. Je me sens belle. Elle fait un signe de tête approbateur. C'est comme si on se connaissait depuis longtemps. La ministre et moi.

Je me demande de quel bord politique je suis.

Traduit par Elisabet Brouillard et Isabelle Piette

LE BILLET DE TOMBOLA

En dépliant le billet de tombola pour lire le numéro, Patrik Ohlsson remarqua aussitôt l'étonnante combinaison.

— Viens ici, Linn, je vais te montrer quelque chose, appela-t-il.

Perchée sur l'armoire électrique, sa fille essayait d'attraper un des ballons qui y avaient été accrochés pour la fête de l'école maternelle. Attroupés autour d'elle, les autres gamins l'encourageaient. Klara, désireuse d'escalader le meuble elle aussi, tiraillait la jambe de Linn. La fillette descendit à contrecœur et courut vers son père. Patrik lui montra le billet.

Linn lisait 66, mais il lui indiqua qu'il s'agissait de 99 : elle voyait les chiffres dans le mauvais sens.

— On pourrait presque parler d'un nombre palindrome, lui dit-il, en retournant le billet.

Elle regarda une nouvelle fois et poussa un cri de joie, avant de rejoindre ses amis près de l'armoire électrique pour leur parler du billet magique, aux deux numéros possibles. Mais en examinant le billet de plus près, Patrik Ohlsson se rendit compte que sa fille avait raison. Il s'agissait de 66. Juste après le second 6, un peu en dessous, on apercevait un minuscule point. Lorsqu'on retournait le billet, le point ressemblait à une apostrophe. 66, donc.

Linn revint pour lui demander le billet, qu'elle voulait montrer aux autres enfants. Elle lui arracha le bout de papier et disparut dans la cour qui grouillait de monde.

Patrik Ohlsson ne s'était jamais senti à l'aise dans ce genre d'événements. Il avait l'impression de devoir jouer un rôle, celui du papa heureux, du parent sincèrement impliqué. Certes, il suivait les activités de sa fille avec intérêt et plaisir, mais pas forcément sur commande. De plus, il ne connaissait quasiment personne. On aurait dit que les autres parents se comportaient comme des membres de la même famille. Tout le monde riait, se faisait la bise, évoquait des projets de vacances. Patrik Ohlsson restait dans son coin, près de la grille. Un peu plus loin, le père de Klara se tenait également seul. Tous deux semblaient ressentir la même gêne. Ils ne se parlaient pas. Ils s'étaient salués en arrivant et, à présent, ils regardaient les fillettes gambader au milieu des enfants. Patrik surprit Klara en train de tirer les cheveux de Linn. Il se tourna vers son père, mais celui-ci regardait ailleurs.

Les maîtresses avaient bien préparé la fête, une foule d'activités était prévue aussi bien pour les petits que pour leurs parents. Un stand de vente de bibelots. Un théâtre de marionnettes. Du café, des jus de fruits, des gâteaux. Le point d'orgue de la fête allait être le tirage de la tombola. On saurait alors à qui reviendraient les trois paniers garnis de jouets et de victuailles. Patrik Ohlsson avait acheté cinq billets, en partie parce qu'il avait vingt-cinq couronnes en petite monnaie, en partie parce que, l'an dernier, Linn avait si ardemment souhaité remporter le prix. Il n'était pas sûr qu'elle avait autant envie de gagner cette année, mais il préférait prendre ses précautions.

Il faisait chaud pour un mois de mai. Plusieurs enfants étaient en short, et Patrik dut retirer sa veste. Il essuya la sueur qui perlait sur son front tout en levant les yeux vers le ciel. Des nuages noirs s'amoncelaient au loin. Il y avait de l'orage dans l'air.

Une des maîtresses, qui venait d'apporter un grand bol, invita le public à s'approcher. Progressivement, les parents se massèrent près de la table des lots. Un frémissement d'excitation se répandit parmi les adultes. Les enfants continuaient à courir dans tous les sens, certains tiraient la main de leurs parents. Patrik Ohlsson prit la poussette de Linn et rejoignit le cercle qui s'était formé autour de la maîtresse. Sur la table se trouvaient les trois paniers recouverts de cellophane.

La maîtresse plongea la main dans le bol, remua soigneusement son contenu, puis en tira un bout de papier. Elle le déplia et annonça d'une voix forte :

— Numéro 32 !

Patrik voulut vérifier ses billets, mais au même moment, un cri de jubilation se fit entendre quelque part dans l'assistance.

— On a gagné ? demanda la voix de Linn ; la fillette surgit soudain tout près de lui.

— Non, pas cette fois, ma puce.

Il vit un parent d'un petit de la classe Framboise se lever pour réceptionner le premier panier. Linn tira sur le pantalon de Patrik.

— Moi aussi je veux gagner, papa.

— Oui, bien sûr, ma puce. On va voir, la prochaine fois peut-être…

La maîtresse remua à nouveau le contenu du bol, avant d'en sortir le deuxième papier :

— Numéro… 16 !

Patrik consulta ses billets : pas de 16.

— On a gagné, papa ?

— Hum, pas encore…

Ce fut à nouveau quelqu'un de la classe Framboise qui l'emporta. Patrik se dit que la maîtresse aurait dû répartir les lots plus équitablement, mais il se rendit compte que ce n'était pas aussi simple. Il songeait déjà aux éventuelles stratégies de consolation si le prochain billet ne les faisait pas gagner.

Arriva le tour du dernier billet gagnant. La maîtresse tira et déplia :

— Numéro… 66 !

Patrik Ohlsson sentit son cœur s'emballer. Jamais encore il n'avait gagné à une tombola. Il se tourna vers Linn avec un sourire.

— On a gagné ? répéta-t-elle sur le même ton, un peu comme si elle savait par avance qu'ils allaient perdre. Il reconnut chez sa fille ce sentiment lié aux espérances déçues qu'il connaissait si bien. Comme si elle avait déjà accepté qu'il n'y avait pas de victoire possible, pas pour eux. Qu'il fallait quand même poser la question. Maintenir le rêve. Mais au fond d'elle-même elle savait qu'elle ne faisait pas partie de ceux qui gagnent. En entendant cette résignation lancinante dans la voix de sa fille, il s'empressa de lui annoncer le retournement de situation : cette fois-ci, ils avaient gagné ! Sa fille, elle aussi, était une gagnante.

— Comment, tu n'as pas entendu ? C'est notre numéro.

— On a gagné ? demanda-t-elle bouche bée.

— Où as-tu mis le billet ?

Linn regarda ses mains, l'une après l'autre, et constata l'absence de billet. Elle fouilla dans ses poches, mais n'y trouva rien. Patrik réexamina ses autres billets. Il chercha dans les poches de la salopette de Linn, puis sur le sol autour d'eux : le billet avait disparu.

— Tant pis ! Nous savons bien que c'est nous qui l'avions.

Il prit Linn par la main et ils se dirigèrent vers la table des lots. Arrivé devant la maîtresse, il aperçut le père de Klara, debout à côté du dernier panier.

— Hé, on a gagné, annonça Linn.

— Non, c'est nous qui avons gagné, objecta Klara.

La maîtresse leva les yeux sur Patrik et sa fille :

— Mince alors ! Nous avons déjà un gagnant.

Patrik dévisagea d'abord la maîtresse, puis Klara, qui s'agrippait au panier.

— Désolé, mais il doit y avoir une erreur, fit-il, en écartant les enfants qui se pressaient autour de la table. Nous avions le numéro 66.

— Nous aussi ! rétorqua Klara.

— Avez-vous le billet ? demanda la maîtresse.

— Non, on a dû l'égarer, expliqua Patrik, mais je suis sûr et certain que nous avions ce numéro.

— On n'a pas gagné, papa ? demanda Linn d'une voix défaite.

Elle était coincée derrière les garçons plus âgés qui se pressaient autour de la table, et Patrik dut la tirer vers l'avant.

— C'est nous qui avons gagné, hurla Klara.

— C'est bizarre, dit la maîtresse en se tournant vers le père de Klara. Êtes-vous sûr d'avoir le bon numéro ?

Le père de Klara, tout sourire, sortit de sa poche le billet de tombola.

— Bien sûr, voici le billet. Êtes-vous certain d'avoir bien lu ? demanda-t-il en se tournant vers Patrik. On confond facilement 66 et 99, ce sont pour ainsi dire les mêmes chiffres.

Toujours souriant, l'homme agita le billet avant de le ranger. Klara tira sur le panier qu'elle faillit renverser.

— Excusez-moi, mais je crois que c'est vous qui avez mal lu. Il y a un petit point que j'avais remarqué, et je l'ai montré à Linn. Je suis absolument sûr qu'il s'agissait du numéro 66, insista Patrik.

— On n'a pas gagné, papa ? s'inquiéta Linn.

— Désolé, mais c'est nous qui avons le billet, objecta le père de Klara.

Il voulut prendre le panier, mais Patrik l'en empêcha en empoignant l'autre anse. Leurs regards se croisèrent. La maîtresse avait l'air contrariée. Elle prit Linn dans ses bras et la serra contre elle.

— Faites voir votre billet, je vais vous montrer, reprit Patrik.

— Papa, tu disais que c'était dans le mauvais sens, sanglota Linn.

— Oui, ma puce, mais je m'étais d'abord trompé, et puis, en regardant de plus près…

— C'est à nous, criait Klara, essayant d'écarter les doigts de Patrik qui ne lâchait pas l'anse ; il sentait ses petits ongles acérés lui griffer les jointures.

Il fit une nouvelle tentative :

— Il y avait un petit point…

Le visage enfoui dans l'abondante chevelure bouclée de la maîtresse, Linn pleurait, c'était un vrai crève-cœur. Klara hurlait, elle aussi, tout en tirant sur le panier. La maîtresse et le père de Klara dévisageaient Patrik d'un regard noir.

— Vous allez lâcher, oui ?! s'écria le père de Klara.

Sans un mot, Patrik desserra les doigts. Linn pleurait toujours dans les bras de la maîtresse. Patrik tendit la main en direction de sa fille, mais comprit que cela ne servait à rien. Il voulut adresser un sourire complice à la maîtresse, puis se retint. Klara et son père prirent le panier et suivirent les autres familles qui avaient commencé à rassembler leurs affaires pour partir.

— On a gagné ! On a gagné ! scandait Klara, qui avait rejoint les gamins en train de gambader au milieu de parents occupés à ranger.

Les billets de tombola à la main, Patrik n'avait pas bougé. Puis, il les froissa et les fourra dans la poche de son pantalon. Une rafale de vent balaya la cour de l'école. Linn était toujours dans les bras de la maîtresse qui la berçait doucement. Il aurait préféré consoler sa fille lui-même. De gros nuages sombres envahissaient le ciel, le soleil avait disparu.

— Papa, tu as dit qu'on avait gagné, gémissait Linn à travers la chevelure de la maîtresse.

Patrik caressa la tête de la fillette, se disant qu'il était temps que la maîtresse lui rende l'enfant.

— Je sais bien, ma puce, lui dit-il. Nous avons bien gagné, nous avions le bon numéro. (Mais le papa de Klara a triché pour avoir un lot, ajouta-t-il intérieurement, avant de dire tout haut :) Cela arrive. Viens, dépêchons-nous avant qu'il ne pleuve.

La maîtresse lui remit l'enfant comme à contrecœur, et il la serra très fort.

— Allez, on rentre. On va manger une glace.

Ils retournèrent vers la poussette et rassemblèrent leurs affaires. La plupart des familles étaient déjà parties, les maîtresses s'empressaient de mettre à l'abri les tables et les chaises. Le ciel avait pris une teinte bleu sombre, menaçante, et les ballons s'agitaient dans le vent. Linn sanglotait toujours, et Patrik se demandait combien de larmes étaient versées à cause du lot abandonné et combien étaient le résultat de la scène qui avait suivi.

De grosses gouttes de pluie tombaient déjà sur la cour de l'école quand Patrik se dirigea vers le parking avec Linn dans sa poussette. Il ouvrit un parapluie, s'efforçant de les protéger tous les deux. En passant devant l'armoire électrique, Patrik aperçut sur le sol un morceau de papier bleu. Un billet de tombola ! Il ramassa ce bout de papier trempé, sachant par avance quel numéro il portait. Puis il jeta un regard sur le parking : le père de Klara était en train d'installer sa fille dans la voiture.

— Attends un instant, ordonna-t-il à Linn.

Il courut vers eux, à l'autre extrémité du parking. La pluie tombait dru. Il coupa par la pelouse, glissa et faillit tomber, mais il reprit sa course et arriva devant leur voiture juste avant que le père de Klara ne monte dedans.

— Regardez un peu ça, lança-t-il, essoufflé, en brandissant le papier trempé.

Incommodé par la pluie, l'homme plissa les yeux. Patrik leva le parapluie au-dessus de leurs têtes. Le père de Klara prit le billet et le déplia pour l'examiner. La pluie tambourinait sur le toit de la voiture.

— Il y a un petit point juste après le 6. Vous voyez ?

Le père de Klara rendit le billet à Patrik. Par la portière ouverte, Patrik voyait Klara installée sur son siège, bien attachée, balançant les jambes, le panier dans les bras. Son père leva les yeux sur Patrik :

— Si vous avez le cœur de le lui prendre, allez-y !

Patrik le fixa en silence pendant quelques instants. La pluie s'intensifia.

— Eh bien ? fit le père de Klara en fronçant les sourcils.

— Enfin, je veux dire…

Patrik ne finit pas sa phrase. Il se retourna : au loin, assise dans sa poussette, Linn, toute trempée, continuait à pleurer.

— C'est bien ce que je pensais, conclut le père de Klara avant de s'engouffrer dans sa voiture.

Pendant qu'il faisait une marche arrière, Patrik courut vers sa fille.

La voiture de Klara et son père le dépassa. Même sans entendre sa voix, Patrik Ohlsson put lire sur les lèvres de la fillette : on a gagné !

Traduit par Benoît Fourcroy

LE PETIT BIBELOT ROUGE

Dans l'idéal, il aimerait faire la vaisselle, ranger la chambre, puis s'occuper du petit bibelot rouge qui traîne sur le banc dans l'entrée depuis Noël.

Mais voilà : elle sera bientôt de retour, et rien que pour la vaisselle on a besoin d'une heure. Si l'on veut faire les choses bien.

Il est à la maison et garde le bébé qui dort pendant que sa femme dépose leur aîné à la crèche ; il connaît bien leur accord tacite : quand le bébé dort, on en profite pour se rendre utile.

Après avoir pesé le pour et le contre, il se dit que c'est certainement la réparation du bibelot dans l'entrée qui l'impressionnera le plus. Du fait que cette opération ne figure plus à l'ordre du jour depuis longtemps, sa surprise sera d'autant plus grande. Rentrer et tomber sur le bibelot réparé serait comme trouver de l'argent dans la poche de son blouson d'été. Ce serait un plus, à coup sûr.

D'un autre côté, comme elle s'attend à ce que la vaisselle soit faite, elle risque d'être déçue, malgré le bibelot, si cette tâche routinière n'est pas accomplie.

Le mieux serait d'expédier la vaisselle avant de s'occuper vite fait de la chambre, de lancer éventuellement une machine, et de laisser tomber le bibelot. Qui, depuis belle lurette, fait partie du décor.

Or, maintenant que ce machin a attiré son attention, c'est dur de faire comme s'il n'existait pas. Impossible même. Il sait qu'elle serait impressionnée, contente – et c'est ce qu'il cherche. Mais est-ce vraiment le bon moment ? Ne vaut-il pas mieux se concentrer sur ses obligations ménagères, puisque toute femme est en droit d'attendre que son compagnon fasse sa part ? Ce temps, on doit l'optimiser pour faire tourner la boutique et assurer la bonne gestion du quotidien. Il y a aussi les poubelles à vider. Les sacs de couches à mettre aux ordures. Elle sera là dans une heure, et il devra alors filer au travail.

À peine une heure. Il jette un coup d'œil à sa montre : bientôt plus que cinquante minutes. Voilà, la question est réglée. Il ouvre le robinet et remplit l'évier. Il va bannir de son esprit le petit bibelot rouge. Elle n'y prête pas attention, tout comme lui – en tout cas, jusqu'à l'instant où, pour une raison insondable, il a posé le regard dessus. Il aura d'autres occasions de s'en occuper et de la surprendre, lui faire plaisir.

Il sait parfaitement que la vaisselle propre ne suffira pas à la rendre de bonne humeur. Tout au plus, ça empêchera son moral de se dégrader. Une mission de routine, quoi.

Il finit de débarrasser la table du petit-déjeuner. Il plie les journaux et les prospectus, afin qu'ils prennent le moins de place possible dans la poubelle de tri. Le quotidien du matin contient un épais supplément financé par une grande chaîne de magasins, vantant les mérites de son matériel de jardinage. Ce qui permet de contourner l'avertissement "Pas de publicité merci" sur la porte d'entrée.

Non seulement il n'a jamais été intéressé par le matériel de jardinage, mais il trouve la brochure franchement moche. Tondeuses, arroseurs automatiques et *sprinklers* sont exposés sur une sorte de gazon en plastique. Et ils sont chers, par-dessus le marché. Ridiculement chers. Il fait un rapide calcul : la somme à dépenser pour le strict nécessaire avoisine dix mille couronnes. Et pour peu qu'on choisisse une gamme supérieure. Et encore au-dessus… Page trente-six, il entend la clé tourner dans la serrure.

Pour la vaisselle et le ménage, c'est loupé. Il le sait. Il sait aussi que sa défaillance aurait dû faire naître chez lui un remords, lui faire prendre conscience qu'il n'est pas à la hauteur : un mec à l'ancienne ! Pourtant, le coup le plus dur, ce dont il se souviendra pendant longtemps, c'est de l'entendre marmonner dans l'entrée :

— Et quand est-ce qu'on va s'occuper de ce truc-là…

Il comprend que désormais, dans leur relation, le quotidien a pris le pas sur le romantique. Et que ce n'est que le début. Bientôt, elle gagnera la cuisine et se rendra compte que même la vaisselle n'est pas faite.

Traduit par Johanna Chatellard-Schapira et Anna Marek

TRACES DANS LA NEIGE

Les traces de pas étaient comme moulées dans la neige. L'empreinte en négatif de quatre chaussures. Deux grandes. Deux petites. Toute la nuit, le temps avait été au dégel, mais le ciel s'était à présent découvert, le soleil se frayait un chemin au-dessus de l'horizon et la température chutait. Je reconnaissais ces empreintes. Les unes et les autres. Les grandes et cannelées appartenaient à Martin. Les petites et lisses à Axel.

Martin et Axel avaient dû piétiner devant notre boîte aux lettres tôt ce matin, dans la neige fraîche. Dès neuf heures, le mercure était tombé en dessous des moins dix. Gunnel, au moins, était depuis passée par là. Et tous les gamins qui allaient chanter à la chorale de la paroisse. Une dizaine de personnes et sans doute une voiture. Mais le froid avait soigneusement conservé chacune des traces d'Axel et de Martin sur la chaussée.

Kasper renifla les empreintes. Il tira sur sa laisse, glissa sur ses pattes, brisa la croûte de neige au bord du fossé. Nous poursuivions notre route sur leurs pas. Ils avaient longtemps marché côte à côte et en rythme. Peut-être se tenaient-ils la main ? Plus loin, vers le pont, ils s'étaient séparés. Les grandes empreintes traversaient vers le hameau et les locaux de Redab. Les petites tournaient vers le bois, en direction de l'école. Notre balade avec Kasper. De la maison paroissiale, j'entendais les élèves de Gunnel répéter docilement le psaume sur les enfants et les étoiles. *Au cœur de l'obscurité, la vie nous invite à briller d'une flamme vive.* Je m'enthousiasmai soudain à l'idée de suivre la course d'Axel vers l'école, à travers les bois, le long du ruisseau.

Au début, je distinguais bien les pas. C'était comme suivre une piste balisée. Tout le long du chemin, les petits pieds d'Axel avaient formé des traces nettes dans la neige lisse et tendre. De petits pas, l'un devant l'autre, puis côte à côte. Ici et là, il s'était arrêté. Je me retournai, me demandant ce qu'il avait pu voir. Un animal ? Peut-être rien. Le garçon était étrange, disait-on. Il gardait ses distances et jouait souvent seul. Gunnel rapportait qu'il suivait en classe, mais restait dans son coin pendant la récré. Il n'était pas malmené par les autres. Pas encore. Mais n'avait-il pas chipé quelque chose, un jour chez l'épicier ? Ou simplement oublié de payer. Martin disait qu'il vivait dans sa bulle. "On a beau rabâcher, expliquait-il, c'est comme s'il n'écoutait pas, ou qu'il s'en fichait." Il disait rarement bonjour et ne vous regardait jamais dans les yeux.

Martin et lui étaient allés voir des psychologues et des thérapeutes en ville. Tous étaient d'avis qu'il avait besoin de temps. Tôt ou tard, il s'ouvrira, assuraient-ils. "Tout ce qu'il lui faut, c'est un ami, affirmait Martin, quelqu'un avec qui jouer."

De temps en temps, Gunnel appelait Martin pour le prévenir qu'Axel était arrivé à l'école avec plusieurs heures de retard, et lorsque Martin lui demandait où il était passé, il répondait, évasif, qu'il était parti "faire un tour". Je remarquai en effet que les traces allaient en zigzag, quelquefois même tournaient en rond. "Il doit marcher en rêvassant, imaginait Martin, sans s'apercevoir que le temps passe."

Martin déplorait par ailleurs le manque d'intérêt du garçon pour la nature. Tandis que les autres enfants allaient skier, patiner, ou se battaient pour monter sur le scooter des neiges, Axel se tenait à l'écart. Il restait assis dans la cuisine à ne rien faire. Restant bêtement devant la télé ou regardant par la fenêtre. Un temps, il était comme obsédé par les bricolages en papier. Il pliait des cartons, découpait des bonshommes, faisait des collages avec des poissons et des voitures. De toute évidence, Martin était embarrassé de voir son fils s'adonner à un passe-temps aussi idiot. Il ne comprenait pas comment un garçon de l'âge d'Axel pouvait préférer rester enfermé à découper et à coller, plutôt que d'aller faire du ski, du patin, ou de jouer au foot. "Ça ne rime à rien, disait-il, si ce n'est…", et il agitait les mains en l'air pour montrer la futilité de l'ouvrage du garçon. On ne pouvait jeter ni boîte à œufs ni rouleau de papier-toilette sans qu'il se mette à pleurer. Les créations d'Axel avaient envahi la maison de Martin. De grands mobiles en papier et des boules en aluminium attendaient d'être accrochés au plafond avec du fil de pêche. D'après Gunnel, tout avait commencé en maternelle, quand on lui avait présenté toutes sortes de jeux d'éveil. Il était déçu, constatait-elle, de découvrir qu'en primaire, ce n'était pas aussi ludique. "Est-ce qu'il ne risque pas de se faire embêter ?" avait un jour demandé Martin. Ce à quoi Gunnel avait répondu que les enfants pouvaient se faire embêter pour tout et n'importe quoi.

Il ne s'inquiétait plus maintenant. Et Axel avait arrêté les bricolages en papier. Il ne faisait rien. Au mieux, si on lui mettait un feutre entre les mains, il le laissait courir au hasard sur la feuille, comme lorsqu'on gribouille distraitement en parlant au téléphone. À l'école, il affichait un visage fermé et ne répondait que rarement quand on lui adressait la parole. Il était petit pour son âge, mais prématurément introverti – comme si la puberté était arrivée trop tôt. La musique qu'il écoutait ressemblait à des bruits de machine et il avait déjà commencé à s'habiller en noir. Des vêtements qui auraient pu être ceux que Martin et Barbro portaient l'été où ils avaient quitté Stockholm pour s'installer au village, treize ans plus tôt.

Martin et Barbro voulaient "vivre leur vie". C'est ce qu'ils avaient dit la première fois que nous étions passés les saluer. Ils étaient arrivés la veille. Ils avaient arrêté leur camionnette dans la cour de cette vieille bicoque, à une centaine de mètres à peine de chez nous. On aurait dit des artistes à la dérive ou des sorciers. Vêtus de noir de la tête aux pieds. Le visage pâle, très maquillé. Peut-être qu'ils se droguaient ?

Personne ne pensait qu'elle trouverait un jour preneur. Une vieille bâtisse des années trente qui tombait en ruine derrière une grande prairie s'étendant jusqu'au ruisseau, et au-delà des limites du terrain, un champ étroit et pierreux. Mais soudain, ils étaient là, les Stockholmois. Martin parlait surfaces et projets d'aménagement. Barbro fumait. Nous saluant à peine.

— Qu'est-ce que vous venez faire dans le coin ? avions-nous demandé.

— Oh… planter des patates, avait répondu Martin en souriant.

Il avait cette façon insouciante d'aller de l'avant. Il n'y avait jamais de problèmes, rien que des opportunités. Barbro jetait ses mégots dans l'herbe. Et elle s'accrochait à l'épaule de Martin, les anneaux de son nez et de ses oreilles flottant au vent. De larges traits de maquillage noir cernaient ses yeux. Elle se déhanchait comme une ado rebelle. Il n'avait pas fallu longtemps pour que les gens se mettent à jaser. Tout le monde avait vu ces deux ahuris dans le champ, avec leurs jeans moulants noirs, leurs blousons légers et leur vieil équipement. Martin, les bras en l'air. Elle, la clope au bec. On parlait d'eux sans arrêt au bureau, à l'école et au supermarché. Les voisins les plus proches devaient répondre à toutes sortes de questions. Petit à petit, on était passé d'une hostilité affichée à la condescendance générale. Ils juraient dans le paysage en quelque sorte. Finalement, certains osaient même plaisanter à leur sujet. "Vous connaissez la dernière, il paraît qu'ils vont enfin se mettre à poncer..." "Oui, il est passé avant-hier me demander des vis pour la vieille faux." Et les gens s'esclaffaient.

Barbro n'avait pas participé aux travaux. Ni même donné un coup de main. Elle se montrait parfois, restait là à traîner. À regarder les alentours. Comme si elle savait qu'ils n'étaient pas à leur place. Comme si elle comprenait qu'elle n'était pas chez elle, que les gens se moquaient. Martin n'y prêtait pas garde. Peut-être faisait-il semblant de ne rien voir ? Il aimait retaper sa maison et appréciait l'environnement de la forêt. Il semblait s'adapter au calme et au silence. La nature lui était bénéfique, tandis que Barbro luttait dès qu'elle mettait le nez dehors. Elle titubait sur ses talons, le sac-poubelle dans une main et la clope dans l'autre.

Martin allait et venait au magasin dans sa camionnette, sonnait aux portes pour emprunter des outils. Malgré son air naïf – ou peut-être justement pour cette raison –, il s'était vite intégré au voisinage. Au bout d'un temps, la vieille baraque avait retrouvé son allure d'antan, et les gens, impressionnés, ne pouvaient que constater qu'il avait tout rénové seul. Cependant personne ne disait rien. Ça ne se faisait pas. J'étais allé plusieurs fois le voir pour lui donner un coup de main et j'avais remarqué qu'il était soigneux et appliqué. Martin n'était pas du genre à se vanter. Il faisait ce qu'il avait à faire, peut-être un peu plus. En somme, il était comme tout le monde.

Il avait fini par trouver du travail chez Redab. Je l'avais recommandé à la direction, mais je n'y étais pas pour grand-chose s'ils l'avaient embauché. Tout le monde pensait qu'il était le candidat idéal. “Il répond à toutes nos attentes”, avait dit Göran. Martin avait dû se mettre en tête que c'était grâce à moi, et il nous avait invités à dîner, Gunnel et moi. Il avait porté un toast en me remerciant pour le poste.

Nous étions probablement leurs connaissances les plus proches. Non pas que nous parvenions à les comprendre. En tout cas pas Barbro. Mais au début, pendant un temps, elle semblait se détendre un peu en notre présence. Autrement, elle était tendue comme un ressort ; on craignait toujours de la heurter.

— Elle a quelque chose de sombre dans le regard, avait déclaré Gunnel en rentrant du dîner.

— Mais non, avais-je répondu. Elle est juste timide.

Quelque chose ne tournait pas rond. Tout le monde s'en était aperçu. Ni elle ni Martin ne voulaient en parler. Même si Martin débitait des banalités comme le font les gens de la ville, j'avais commencé à comprendre qu'ils n'étaient pas très doués pour parler sérieusement. Il dissertait sur le calme, la nature et l'air de la campagne, mais aucun des deux ne semblait vouloir dire pourquoi ils avaient emménagé ici. On se doutait que ce n'était pas de leur plein gré. Ils fuyaient quelque chose. Elle, en tout cas. Ça se voyait. Une fois, j'avais demandé à Martin, alors qu'on était seuls tous les deux, mais il avait esquivé la question.

"C'était un peu le bazar", s'était-il contenté de répondre.

Gunnel et moi avions pensé à un braquage ou une affaire de drogue. Mais peut-être étaitce simplement pour des raisons personnelles, ou rien du tout. Ce n'était pas qu'il ne parlât pas, mais il ne faisait jamais part de son vécu ou de ses sentiments. N'allant jamais au-delà de "salut", "quoi d'neuf" et "ça va". "On a le sentiment d'avoir atteint une certaine plénitude, pouvait-il dire. Toi aussi, j'imagine, avec tout cet espace..." Plus le temps passait, moins il employait de grands mots, si bien qu'il n'avait plus rien à dire. Petit à petit, il entrait dans le moule. Il avait changé son rythme aussi brutalement que ses habits noirs, qu'il avait troqués contre des chemises blanches. Et acheté le même bleu de travail que tous les hommes du village portaient pour bricoler le week-end. On le voyait toujours dans la cour ou sur le toit. À peindre, polir, charpenter. Le plus souvent, Barbro restait à l'intérieur. Et elle mettait la musique à fond. Quels que soient leurs ennuis, les nouvelles fonctions de Martin à Redab étaient le meilleur remède pour éviter de ruminer. Barbro n'avait jamais trouvé de travail. Pour sauver les apparences, elle était allée plusieurs fois à l'agence pour l'emploi, mais elle avait fini par abandonner. Et très vite, elle avait pris beaucoup de poids. En un an, son corps menu était devenu plutôt rond. Peut-être qu'elle en avait honte ? Elle avait résolu le problème en se montrant encore moins.

Dans le froid mordant, Kasper et moi suivions les petits pas dans la neige. Le mercure n'était probablement pas passé sous les moins dix, mais l'humidité rendait l'air glacial. Kasper tira sur sa laisse, fouina dans la broussaille. Il avait sans doute flairé l'odeur du gibier. Mais je ne m'écartais pas du sentier. Je voulais continuer à suivre le trajet imprévisible de cet enfant de onze ans. Ici et là, la neige soufflée par le vent avait légèrement recouvert les traces de pas, mais on pouvait toujours voir le passage du garçon dans la forêt, le long de la rivière.

Grâce à ses connaissances en informatique, Martin s'était vite rendu indispensable chez Redab. Barbro ne venait presque jamais le voir. Elle refusait de s'intégrer. Mais Martin s'en plaignait rarement, et seulement devant moi. On avait compris qu'à la maison, l'ambiance n'était pas à la fête, quelqu'un avait dit qu'ils ne se parlaient plus, et j'entendais parfois Martin crier au téléphone. Il y avait des choses qu'elle ne voulait pas faire, des médicaments qu'elle ne prenait pas. Il n'avait pas le temps, crachait-il dans le combiné. Et quand le téléphone sonnait, il lui arrivait de raccrocher sans même regarder l'écran. Aucun de nous ne la croisait. De temps en temps, on l'apercevait dans la fourgonnette, en train de foncer pour acheter des cigarettes au kiosque, près du terrain de foot.

Martin travaillait dur, il avait davantage de fonctions et de responsabilités. Il passait de plus en plus de temps au bureau. L'automne de l'année suivante, Göran avait formé une équipe chargée de développer un site Internet pour promouvoir leurs offres et services. Avec Linda, Martin était devenu responsable de ce groupe

Web, qui en pratique ne comptait qu'eux deux et était perçu comme un danger pour le personnel. Tout le monde l'avait compris, c'était une question de réduction des effectifs. Ces deux-là incarnaient, pour ainsi dire, la nouvelle politique de l'entreprise : ils étaient jeunes, ambitieux, et avaient des idées plein la tête. Linda avait beau être du coin, elle ne représentait pas moins une menace. À bien des égards, elle était l'exact opposé de Martin. Son visage expressif était couvert de taches de rousseur, elle parlait sans y réfléchir à deux fois, n'hésitait pas à s'engager dans des sujets difficiles. Je la trouvais un peu pédante, mais Gunnel, qui l'avait eue en classe, disait qu'elle était brillante. "Je savais que cette petite irait loin, avait-elle assuré. Toujours curieuse et jamais satisfaite avant d'avoir compris." "Elle ira à Stockholm", disait-on. Mais bizarrement, elle était restée. Peut-être justement parce que tout le monde la voyait déjà partie.

Au grand dam de leurs collègues, Martin et Linda avaient établi une sorte de quartier général en plein milieu du service, dans une petite salle de conférences. Certains s'en étaient plaints auprès de Göran. Pourquoi avaient-ils droit à un bureau, alors que tous les autres partageaient l'*open space* ? Mais Göran les avait laissés faire. "Le passage au Web doit se faire rapidement", avait-il justifié. À travers les murs, on pouvait entendre de vives discussions. Martin faisait claquer les portes, tapait sur son ordinateur, nous adressant à peine la parole. Linda, elle, nous avait fait comprendre comment elle envisageait l'avenir. Ils se retranchaient dans leur bureau avec des thermos de café et travaillaient d'arrache-pied. Arrivés les premiers, partis en dernier. Tout le monde avait vu ce qui se tramait.

Martin était soudain plus réservé et marmonnait davantage. Au téléphone, il adoptait un ton bien plus aimable avec Barbro. Il avait cessé de lui répéter qu'elle devait perdre du poids ou qu'elle devait lui rendre visite. Il prenait le temps d'écouter, se montrait indulgent. Il ne disait que du bien d'elle. À l'automne, il l'avait accompagnée au centre de soins pour voir un psychologue, qu'elle avait consulté plusieurs fois. Il restait des heures le combiné à l'oreille, hochant patiemment la tête, sans mentionner une seule fois son groupe de travail. Était-ce possible que Barbro n'ait rien remarqué ? Tout le village en parlait. Personne ne discutait avec elle, mais tout de même.

Dès le mois de décembre, Linda avait commencé à avoir des malaises, à transpirer. Martin avait les yeux humides. Et avec le temps, il était devenu impossible d'ignorer le ventre de Linda. Ils parlaient longuement à voix basse, se massaient les tempes, se prenaient les mains, et s'enlaçaient quand ils croyaient que personne ne pouvait les voir. Parmi toutes les options, ils avaient choisi de faire comme si de rien n'était.

Un jour, je l'avais entraîné dans la kitchenette pour lui demander ce qu'il fabriquait.

— Quoi ? avait-il fait.

— Barbro est au courant ? avais-je demandé.

Il n'avait rien répondu, mais simplement gonflé les joues et baissé les yeux. Peut-être pensait-il vraiment que personne ne savait.

— Tu dois lui dire, avais-je insisté. Tu comprends ?

Il avait marmonné un oui sans me regarder, puis louché vers la pendule, aperçu quelque chose derrière moi et déguerpi.

L'enfant était né en juillet. Je ne sais pas à quoi Linda et Martin avaient pensé, s'ils avaient seulement réfléchi. Est-ce que Linda s'en occuperait seule ? Martin n'allait-il pas l'aider ? Attendraient-ils encore pour annoncer la nouvelle ? Peut-être que Martin ne pouvait pas trop en parler, qu'il avait peur, qu'il ne savait pas comment s'y prendre ? Tout à la fois peut-être ? Barbro ne semblait pas exister. Elle ne se montrait jamais. Elle n'appelait pas. Personne ne parlait d'elle.

Elle avait dû se douter de quelque chose, qui sait. Peut-être qu'elle avait entendu des bruits courir. Qu'aurait-elle fait là à épier autrement ? Dès qu'elle avait jeté un coup d'œil dans le landau, il n'y avait plus eu aucun doute. L'enfant était le portrait craché de son père.

Elle avait tourné les talons et était partie sans dire un mot. Tout le service de Redab, tous ceux qui étaient déjà au courant, avaient remarqué sa sortie discrète et l'attitude de Martin, qui s'était plongé dans de nouveaux documents de la direction en se rongeant les ongles.

On disait que Barbro avait attendu derrière la remise ce soir-là, mais je ne sais pas, ça jase tellement. Tout le monde avait pu entendre Martin courir à travers la prairie au clair de lune, avec Barbro à ses trousses. Un pied de biche à la main. On les avait vus glisser, poursuivre leur course dans les herbes hautes vers l'eau. Martin avait sauté, mais Barbro était tombée dans le ruisseau. On s'était précipité pour l'aider à se relever, alors qu'elle pataugeait dans la vase. Elle avait les mollets pris dans la boue, des plantes pourries plein les cheveux. Le visage égratigné par les roseaux. Et la cheville foulée. En boitant, elle avait juré de sa voix de fumeuse que dès qu'elle aurait l'occasion, elle allait "buter cette pute". Et "étriper le gosse".

C'était il y a plus de onze ans. À peu près là où Kasper et moi nous trouvions maintenant. Tout était recouvert de neige. L'eau du ruisseau était gelée. Figée. D'un calme trompeur. Les petits pas s'étaient arrêtés ici un instant. Savait-il ce qui s'était passé à cet endroit ? Pensait-il à sa mère ? Peut-être ne pensait-il à rien. Peut-être se laissait-il guider par ses pas.

Barbro avait balancé les affaires de Martin dans la cour. Les meubles, les vêtements, la stéréo. J'avais pris ma voiture pour l'aider à ramasser ce qui était encore intact. Il avait dormi quelques nuits chez nous, mais petit à petit, il avait emménagé chez Linda, dans une maisonnette un peu plus haut. La mère, le père, le fils. Les deux travaillaient toujours chez Redab. Au cours d'un dîner chez eux avec Gunnel, nous avions admiré la nouvelle véranda que Martin avait construite. Linda, la mine boudeuse, Axel dans les bras, avait plaisanté au sujet d'une chaise à bascule qu'il lui avait également promise. Martin l'avait embrassée, lui assurant qu'elle l'aurait après leur mariage. Axel grandissait dans cette petite maison, et bientôt, il avait appris à se méfier de deux choses : le ruisseau et Barbro.

Pourquoi Barbro était restée, ça tenait toujours du mystère. Elle avait gardé la maison et la fourgonnette, mais que pouvait-elle faire ? Elle n'avait rien d'autre, disait-on. Ne pouvait-elle pas repartir, oublier Martin ? D'autres pensaient qu'elle restait pour se venger.

Et en effet, chaque année, la boîte aux lettres renfermait de nouvelles surprises pour l'anniversaire du garçon : des fleurs fanées, des croix tordues, des gâteaux moisis, que Martin faisait disparaître le matin avant que quelqu'un d'autre ne les voie. L'ingéniosité de Barbro était sans bornes. Un jour, elle avait même envoyé une carte avec le mot “PUTE” écrit en relief et en majuscules, qui se soulevait à l'ouverture. À chaque anniversaire, Martin vidait la boîte aux lettres. Axel n'en avait jamais rien su. Peut-être se souvenait-il de la fois où Linda, qui faisait ses courses au supermarché avec l'enfant dans la poussette, était tombée sur Barbro au rayon des ustensiles de cuisine. Il avait sans doute été surpris de sortir en toute hâte du magasin avec sa mère, poursuivi par une inconnue qui les menaçait avec une lourde bouteille de vinaigre. Ou bien était-il trop petit pour se rappeler ?

Barbro se montrait rarement au village. Je ne sais pas comment elle gagnait sa vie. Les allocs, disait Gunnel. Elle s'isolait. Elle avait quelques habitudes que tout le monde connaissait. Descendre au kiosque en fourgonnette une fois par semaine. Toujours à la même heure. Ainsi, Linda et Martin savaient quand éviter la boutique, la banque et le périmètre autour du kiosque. Tout le monde était au courant. Personne ne croisait jamais Barbro. Elle non plus ne voulait croiser personne. Si quelqu'un, sans être prévenu, se montrait aimable envers elle, il comprenait vite que c'était peine perdue. Elle jurait sans arrêt, crachait des insultes. Elle n'effrayait pas seulement Axel, mais aussi les autres enfants. Et d'après Gunnel, elle se complaisait presque dans ce rôle.

Le chemin de l'école longeait le ruisseau gelé, passant par l'endroit où on avait repêché Barbro onze ans plus tôt. Sa maison était de l'autre côté du champ. Il y avait de la lumière. À une fenêtre, comme toujours. Le soleil était déjà en train de se coucher. Bientôt, il ferait nuit noire. Seule cette pièce demeurerait éclairée.

Barbro restait seule dans la maison. Toutes les invitations qui lui étaient adressées se soldaient par des menaces et des insultes. Gunnel avait frappé à sa porte quelques fois, mais elle ne lui avait jamais ouvert. Un hiver, Arto était passé lui proposer son aide pour déblayer la neige, et elle avait fini par lui lancer des morceaux de glace.

"Elle est folle celle-là, s'était-il indigné. Complètement dingue."

Elle fourrait toujours plus de trucs dans la boîte aux lettres. Ça pouvait arriver à tout moment. Des tomates pourries, des mégots. De plus en plus dingue. Un jour, Martin reconnut qu'il avait peur.

"Il faut qu'elle se fasse soigner, avait-il déclaré, ou ça va mal finir."

Axel avait appris que Barbro était dangereuse. On l'avait mis en garde, comme on avertit les enfants des routes et des voitures qui foncent. Mais je crois que ni Martin ni Linda ne lui avaient expliqué pourquoi. Peut-être que ce n'était pas nécessaire, après tout. Du moment qu'il ne s'approchait pas d'elle, tout allait bien. Je me demandais ce que le garçon pouvait penser de cette furie qui le menaçait. Y pensait-il ? Ou avait-il d'autres choses en tête ? À cette époque, comme je l'ai dit, Axel n'aimait pas trop sortir. Il restait dans sa chambre ou dans la cuisine, occupé à ses découpages. Levant rarement les yeux de ses feuilles d'aluminium et de papier.

Les petites traces de pas allaient d'un bord du chemin à l'autre, s'aventuraient parfois dans la neige fraîche dans le bas-côté. Ici et là, elles avaient glissé du haut des monticules jusqu'au chemin. Ce n'était pas des pas pressés, mais des pas pour lesquels le temps n'avait aucune importance.

Martin et Linda n'eurent pas le temps de se marier. Linda avait découvert les premiers changements de pigmentation en janvier. En mars, elle était allée chez le médecin et quelques jours plus tard, on lui avait diagnostiqué un mélanome malin. Comme à son habitude, Martin n'avait rien dit jusqu'au début du mois d'avril, quand il avait fallu l'hospitaliser. Ensuite, tout était allé si vite que ça paraissait irréel.

Martin disait toujours que ça passerait. Que de nos jours, on avait d'excellents traitements. Qu'elle irait bientôt mieux. Un mélanome malin – ça se soigne. Mais le cancer s'était propagé aux ganglions lymphatiques et au pancréas, et de nouvelles métastases surgissaient sans arrêt, apprenait-on. Les risques de décès atteignaient les quatre-vingts pour cent, ce n'était plus qu'une question de temps. Mais Martin s'accrochait aux vingt pour cent restants. Au début, il passait tout son temps à l'hôpital, seul ou avec Axel. Il venait avec des fleurs, des chocolats, des magazines de déco, et quelques dossiers auxquels elle pourrait jeter un œil. Des brochures de voyages et des projets grandioses pour quand elle irait mieux. Au bureau, je remarquais les piles de documents, sur lesquels il collait des post-it : "Voir avec Linda." Mais Linda n'avait pas la force d'y jeter un œil. Vers la fin du mois de mai, les visites s'étaient espacées. "Elle est trop faible", disait-il en sous-entendant que ce n'était pas drôle pour Axel de rester assis là, alors que sa mère ne faisait que dormir. Il valait mieux attendre un peu, le temps qu'elle se remette, d'autant qu'il avait beaucoup à faire, entre le nouveau système au travail et la maison à tenir. Le soir et la nuit, pendant que le petit était occupé à ses découpages, il fabriquait le fauteuil à bascule que Linda désirait tant. Il en avait dessiné les plans et commandé à la scierie une espèce particulière de bois de cerisier, qu'il avait taillé, poncé et poli jusqu'à obtenir une jolie petite chaise. Simple. Lisse. Le siège idéal pour se rétablir et se réhabituer, doucement mais sûrement, à la vie quotidienne. Tôt dans la matinée du 3 juin, Linda était morte.

Axel fêtait ses dix ans cinq semaines plus tard, et je ne pense pas que Martin ait songé à vider la boîte aux lettres. Heureusement, Axel ignorait que c'était la première fois qu'elle ne contenait pas de saletés pour son anniversaire.

Martin était resté digne pendant les funérailles et s'était occupé des formalités. Göran avait voulu faire un discours, mais il n'était pas allé plus loin que les premiers mots, et Martin l'avait raccompagné à sa place. Lui ne laissait rien transparaître, mais son regard vif s'était éteint. Je me souviens d'avoir remarqué que son œil droit louchait légèrement, sous sa paupière tombante, et m'être demandé si ç'avait toujours été là, ou si c'était plus récent.

S'il s'agissait d'un tic qu'il avait attrapé, ou du chagrin qui s'était gravé dans sa chair.

Il avait essayé en vain de parler avec Axel, mais comme ni l'un ni l'autre n'était très loquace, rien n'avait vraiment été dit.

Nous étions passés pour les aider à mettre un peu d'ordre. Quelques fois, juste après le décès de Linda, on leur avait préparé le dîner. À table, ils ne faisaient que picorer. Le père et le fils se renfermaient sur eux-mêmes, à peine conscients de la présence d'autrui.

C'était un été chaud et lourd. En août, Gunnel et moi leur avions prêté notre maison de vacances sur l'île. Je me disais que ce serait bien pour eux de s'éloigner un moment et d'essayer de se parler un peu. Mais quand j'avais appelé pour prendre des nouvelles, j'avais entendu le silence qui les avait suivis jusque sur l'île. Et la respiration haletante de Martin.

— Comment va papa ? avais-je demandé.

— Bien, avait dit Axel.

— Qu'est-ce que vous faites de beau ?

— On est ici pour s'occuper de moi, avait répondu Axel de sa voix claire et sage.

Après ce séjour, Axel s'était isolé de plus en plus. La moitié du temps, il n'était pas à la maison. Ni à l'école.

"Je ne sais pas ce qu'il fait", disait Martin, sans peut-être oser lui demander. Il avait sans doute le sentiment de ne pas être à la hauteur. "Le gamin a juste besoin d'un peu de temps pour lui", affirmait-il.

De temps en temps, Gunnel et moi le voyions passer devant nous. Nous ne savions pas comment l'aborder. Quelqu'un devait parler au garçon, mais qu'y avait-il à dire ? Quelques fois, on lui avait proposé de venir prendre un verre de grenadine à la maison, mais il hochait simplement la tête et continuait son chemin vers la forêt, empruntant le sentier que nous étions en train de remonter, Kasper et moi, derrière ses pas.

Martin continuait à travailler chez Redab, toujours avec autant d'acharnement. Après la tragédie, on pensait que Barbro allait se radoucir, mais pas du tout. Au mieux, il y avait une odeur de pisse dans la boîte aux lettres. Un jour, on y trouva une grosse pierre. "Elle ne vit que par la haine", constatait Martin. Ces petites attentions le choquaient, lui, et tout le village.

Une légende était née sur fond de témoignages et de racontars. Les uns pires que les autres. Les rumeurs couraient parmi les gens du village, et surtout chez les grands à l'école. Peut-être pour expliquer pourquoi Axel n'était pas comme les autres. Gunnel avait raconté que les gamins rivalisaient d'imagination autour des crasses de Barbro. Une fois, elle aurait profané la tombe et ouvert le cercueil. Une autre, elle aurait planté des aiguilles sur la pelouse de Martin.

Les gamins avaient pris l'habitude de descendre jusque chez elle en mobylette pour y jeter des ordures. De taguer sa boîte aux lettres et sa poubelle. L'excitation s'était répandue parmi tous les enfants du village. Barbro faisait un ennemi parfait, un adversaire contre lequel s'unir. Ils la poussaient à bout. Chaque jour un peu plus. Tous les gamins, même les plus jeunes. Beaucoup de ceux qui, aujourd'hui, chantaient pieusement *Des enfants et des étoiles* à la paroisse avec Gunnel.

En fait, seul Axel ne prenait pas part à ces expéditions.

Il ne participait à rien.

Mais les autres s'approchaient toujours davantage de la maison, tandis que Barbro se barricadait. Le plus souvent, elle restait à distance, mais il arrivait qu'elle réponde par des jets de pierres et d'autres choses, pour le plus grand plaisir des gamins. Ils se postaient derrière la clôture, comme dans une tranchée, et imitaient le bruit des bombes. Ils lançaient des cailloux, et le verre brisé des lanternes tombait dans la cour.

Je disais toujours à Gunnel que Barbro était inoffensive, mais un jour elle avait atteint un des garçons à la tête, en jetant une assiette. Le gamin avait perdu connaissance et avait été conduit à l'hôpital. On soupçonnait une commotion cérébrale. S'en étaient suivis un rapport de police, des interrogatoires et un procès pour coups et blessures, qui s'était clos sur une amende. Lors du jugement, elle avait déclaré que si c'était à refaire, elle n'hésiterait pas.

Martin m'avait dit de ne pas m'en mêler.

“Elle est dangereuse, affirmait-il. Croyez-moi, je la connais. Elle et sa famille”, disait-il sans que personne n'ait pu en savoir davantage. Très vite, il était devenu impossible pour elle d'aller tranquillement faire ses courses. Pendant la journée, les gamins l'attendaient de pied ferme.

Toutes sortes de témoignages sur ses faits et gestes circulaient à l'école. Maria et Emma, deux collégiennes collées l'une à l'autre comme deux spaghettis trop cuits, avaient rapporté que l'une – à moins que ce ne soit l'autre – avait vu Barbro devant la maison d'Axel. Au milieu de la nuit. Un couteau à la main. Gunnel avait dû calmer les parents inquiets, sans pour autant mettre en cause la véracité des propos des fillettes. Une réunion de parents avait été organisée à l'école, pour discuter du cas Barbro. L'assemblée s'était scindée en deux camps : d'un côté, on interdisait formellement aux gamins de s'approcher de la maison ; de l'autre, on estimait que c'était à Barbro de déménager, pour que les enfants n'aient plus rien à craindre.

En novembre, elle avait adopté un gros rottweiler qui aboyait comme un loup. L'animal inspirait la terreur. Désormais, les enfants du village avaient l'interdiction de s'approcher de trois choses : du ruisseau, de Barbro et du chien.

En marchant avec Kasper dans la neige, je constatai vite qu'Axel ne tenait pas compte de la première mise en garde.

Les empreintes se rapprochaient de plus en plus de la fine bordure de glace. Kasper et moi faisions de notre mieux pour les suivre, mais le chien refusait de monter sur la couche de glace qui se brisait sans arrêt. Les traces continuaient toujours plus loin et soudain, je vis le trou.

Quatre ou cinq mètres devant moi, la glace s'était brisée, et un trou aux bords tranchants s'ouvrait sur l'eau noire et stagnante. La forêt était plongée dans un profond silence. Les arbres enneigés absorbaient le moindre bruit. Kasper et moi regardions la suite de petits pas, tel un collier de perles, qui se terminait subitement au bord de l'eau sombre, où une fine pellicule de glace s'était déjà reformée.

Une fois le premier choc passé, je remarquai d'autres empreintes autour du trou. Plus grandes, celles d'un adulte. Et des pattes de chien. De l'autre côté du ruisseau, sur la neige tassée derrière le sapin, quelqu'un avait attendu. Des empreintes lisses, comme si on avait glissé, éparpillées dans tous les sens. Comme les traces d'une lutte. Plus loin, d'autres dérapages. De gros trous enfoncés dans la neige. Et de petites gouttes de sang.

Les traces menaient vers le champ, jusqu'à la maison de Barbro. Tout du long, des petites taches rouges. Je sentais mon cœur s'emballer sous mon blouson.

Traverser le ruisseau ne fut pas une mince affaire. La glace était trop fine et Kasper refusait de sauter. Je le forçai à franchir un passage étroit. Je pensais y arriver, mais la glace céda juste avant que nous n'atteignions l'autre bord. J'étais trempé jusqu'aux mollets et sentais l'eau glacée pénétrer lentement dans mes chaussettes. On se précipita à travers champs, suivant les traces qui menaient à la maison. Ici et là on remarquait d'autres gouttes de sang. Je courais avec Kasper qui sautait sur les monticules de neige, la laisse tendue entre nous. Cette accélération brusque me faisait mal à la poitrine. J'espérais arriver à temps.

Plus haut, dans la cour, sur le terrain piétiné, les traces étaient moins visibles. Mais les gouttes de sang, elles, apparaissaient clairement, dessinant une ligne sur l'escalier de l'entrée. J'eus l'idée de m'armer d'un objet menaçant, mais ne trouvant rien sur mon passage, je m'élançai dans l'escalier, ouvris brusquement la porte et me précipitai à l'intérieur.

Kasper et le chien de garde aboyaient. Dans ce chaos d'aboiements sauvages, j'aperçus des habits d'enfant, étendus le long du mur. Chaussettes, caleçons, pulls et pantalons calés contre le radiateur. Barbro était dans la cuisine, les yeux écarquillés, un cutter à la main.

Je repris mon souffle pour dire quelque chose. Barbro se mit à hurler sur les chiens, parvenant à les calmer un peu.

Le garçon était assis à la table de la cuisine, emmitouflé dans une robe de chambre râpée et trop grande pour lui, faite de tissu éponge bleu clair. Il soufflait sur une tasse brûlante qu'il tenait entre les mains. Barbro portait un pull en laine gris et un jogging, ses pieds nus fourrés dans une paire de chaussons. Ça sentait le café.

Ils me dévisageaient, bouche bée, l'air abasourdi tous les deux. Comme si j'avais fait irruption dans leur monde. Que je débarquais dans une société secrète. Quelque chose qu'ils auraient préféré garder pour eux.

Je les regardai tour à tour.

— Mais… tout ce sang, dis-je.

Elle montra le chien qui avait la patte bandée. Et malgré sa réticence à parler, des mots s'échappèrent de sa bouche. Elle semblait elle-même surprise de ne pas avoir pu les retenir.

— La lanterne a laissé des éclats sous la neige, fit-elle. J'ai essayé de les balayer, mais avec tous les graviers, c'est peine perdue.

Elle se tut comme si, tout d'un coup, elle avait le sentiment d'en avoir trop dit. Elle prit une chaise et s'assit à la table. Et elle se remit à découper du carton, tout en me fusillant du regard.

Je restai un instant à observer ce couple surprenant, me demandant depuis combien de temps durait cette relation. Tout dans la pièce me laissait penser que ce n'était pas la première visite de l'enfant. Devant le four ouvert, des chaussures de petit garçon avec des boules de Sopalin roulées à l'intérieur. Sur la table, entre eux, des piles de papiers et un grand pot rempli de feutres, des cartons, des ficelles et différentes sortes de papier aluminium. Ils me regardaient, dans mes habits couverts de neige et mes chaussures qui gouttaient sur le plancher. Personne ne disait rien. Nous nous observions mutuellement. Un long moment. Trois bougies brûlaient dans une soucoupe.

Je finis par tirer sur la laisse de Kasper et reculai dans le vestibule. Sur le mur à côté de la porte était accroché un beau patchwork de papier noir et argenté avec des reflets bleus. De grands éclairs menaçants jaillissaient comme des épines, ou peut-être des épées. C'était impossible de ne pas le remarquer. Je ne voulais pas fouiner, mais je ne pus m'empêcher de voir la signature : A. B. 16/9/2010.

Dans l'escalier, je soulevai Kasper pour le porter et traversai la cour jusqu'au chemin. Je restai un moment sur le bas-côté, avant de revenir sur mes pas avec le chien. Discrètement, je contournai la maison, jusqu'à voir parfaitement la cuisine éclairée. Je vis Axel se lever, marcher jusqu'au plan de travail, ouvrir un tiroir, et revenir s'asseoir avec un bâton de colle. Ils coupaient, peignaient, collaient, échangeaient du matériel et se montraient leurs travaux. Le calme se lisait à nouveau sur leurs visages concentrés, dans leurs gestes familiers. Ils étaient habitués aux mouvements l'un de l'autre.

Je repris mon chemin. Je rentrai tranquillement chez moi, en passant par la cour de la paroisse où les psaumes résonnaient à travers les branches du vieil arbre. Les élèves entonnaient ce chant solennel, ce refrain dont Gunnel disait qu'il n'était pas fait pour des voix aussi jeunes. Je me demandai si je devais appeler quelqu'un. Peut-être ce n'était pas la peine ? Barbro et Axel verraient forcément que je les avais espionnés. Demain, les traces de mes pas apparaîtraient dans la neige.

Traduit par une équipe d'étudiants de Paris IV
sous la direction de Marina Heide

"IL A FAIM !"

Il n'empêche. Ça commençait à lui porter sur les nerfs. Chaque fois que le petit pleurait et qu'elle s'apprêtait à l'allaiter, l'autre lui lançait en passant : "Il a faim." Le bébé dans les bras, elle avait déjà le sein à moitié sorti, et lui : "Il doit avoir faim."

Il aurait pu le dire plus tôt, ou bien au moment où l'enfant se réveillait, afin de l'avertir si elle se trouvait ailleurs et ne l'entendait pas. Mais non. Elle n'avait aucun souvenir de lui prenant l'initiative ou attirant son attention sur les besoins de leur fils, pas une seule fois.

D'ailleurs, comment l'aurait-il pu ? Elle était toujours scotchée à son enfant. Ils ne faisaient qu'un.

En fait, c'était plutôt le rituel lui-même – la voir soulever le bébé et le mettre au sein – qui déclenchait chez lui le besoin d'émettre un commentaire. Il lui arrivait de prononcer la réplique en entier : "Il a faim. Allaite-le."

Il le disait à mi-voix. Parfois, elle l'entendait à peine, et elle avait l'impression que sa phrase ne lui était pas directement adressée ; il s'agissait plutôt d'une tentative maladroite de participer. De mettre son grain de sel. Souvent, il venait de l'autre bout de l'appartement : pendant qu'elle calait son enfant au sein, elle entendait ses pas et elle savait ce qu'il allait dire avant même qu'il ouvre la bouche.

Cela aurait dû lui mettre la puce à l'oreille déjà l'année dernière. Au moment où elle s'était approchée de leur chaîne hi-fi, le CD de Beth Orton à la main. Ils avaient invité des copains à dîner et la soirée avait été agréable. On était passé au salon, les gens sirotaient leur café au lait de soja, avec, en fond musical, l'une de leurs deux trouvailles au magasin de disques : Ryan Adams.

Ils s'y étaient rendus le matin même en quête de nouveautés et, d'un commun accord, ils avaient choisi Ryan Adams et Beth Orton. Le premier tournait en boucle depuis déjà quelque temps quand, profitant d'une pause dans la conversation, elle se leva du canapé et se dirigea vers la chaîne hi-fi. Après avoir sorti le CD du lecteur, elle le remit dans sa pochette et prit le disque de Beth Orton. Qu'elle allait tout juste insérer quand elle l'entendit dire : "Mets plutôt Beth Orton."

À l'époque, elle avait interprété ses propos comme un désir d'afficher sa culture musicale devant leurs amis, procédé qui, certes, manquait un peu de finesse, mais cela ne l'avait pas dérangée. Pourtant, quelques jours plus tard, elle se rendit compte qu'à chaque sonnerie de téléphone, il se mettait à crier : "Téléphone !" ; "Y a le téléphone qui sonne !"

Le matin, quand elle posait la cafetière sur la table du petit-déjeuner, elle avait droit à : "On se fait un café" ; "On se fait un café avec une tartine". Et maintenant, c'était le tour du bébé.

"Il est mouillé. Il faut le changer", dit-il un jour, devant la table à langer, tandis qu'elle s'apprêtait à enlever la couche pleine de pipi.

Elle était alors au téléphone avec sa mère. Sur le moment, elle avait cru que sa remarque était destinée à la belle-mère au bout du fil. Une façon de l'impressionner. De lui montrer quel père responsable et attentif il était. Sa mère ne pouvait pas savoir qu'il débarquait au beau milieu des opérations. Pourtant quand la chose se reproduisit, cette fois sans témoin, elle comprit : elle avait épousé un commentateur sportif.

Traduit par Johanna Chatellard-Schapira et Anna Marek

L'AMI PARFAIT

On reste là à papoter pendant un bon moment. On montre les photos de nos mômes, lui de ses deux garçons, moi de mes filles. Ses cheveux commencent à grisonner, il en plaisante. Je dis que ça lui va bien. Que ça lui donne l'air mûr.

Il me questionne sur ce que je fais actuellement, et je réponds que je viens d'entrer au journal *Expressen*. Comme vacataire, mais quand même, c'est peut-être un tremplin. Oui, il est du même avis. J'arrive droit de la garderie, m'informe-t-il. Je demande où elle se trouve, il m'entraîne hors du café, dans la rue, et, me prenant par les épaules, désigne un bâtiment à une cinquantaine de mètres.

— Ah, je vois, dis-je.

Il fait un signe de tête, et nous regagnons le café. Nous parlons fort et nous prenons pas mal de place. Cela agace les gens, mais on s'en fiche. Il flirte un peu avec la fille à la caisse. Le genre de choses dont je n'ai jamais été capable. Je crois que déjà à l'époque ça devait être comme ça. Lui baratinait, moi je suivais. C'était quand, au fait ?

Nous réglons nos cafés et nous redisons une nouvelle fois combien ça fait plaisir de se revoir, après tant d'années, c'est tout juste si l'on ne s'embrasse pas. Mais non, quand même. Nous restons encore un moment sur le trottoir devant l'établissement. Lui avec son vélo, un siège enfant sur le porte-bagages, un gobelet de café *latte* à la main, moi avec mon sac de courses (de toute façon, ç'aurait été difficile de se serrer dans les bras avec les gobelets), à causer de la presse, du prix de l'immobilier et aussi de la garderie. Puis nous échangeons nos numéros et, au moment de nous séparer, il me donne un coup de coude amical :

— C'était cool de te revoir, mec.

— Carrément.

Je m'éloigne et me retourne encore une fois pour lui faire signe. Je lui souris en le regardant chanceler avec son gobelet sur son vélo. Je n'ai toujours pas la moindre idée de qui il peut être.

Je me dépêche de retourner au travail en me disant que cela va vite me revenir. Je me creuse la tête pour retrouver dans quel contexte j'aurais pu connaître ce gars, mais rien ne me vient. Je me rends compte qu'il me faut fouiller au plus profond de ma mémoire – une vacation ? un boulot d'été, en colo ?

De retour à la rédaction, je ne le remets toujours pas ; je me rejette en arrière sur ma chaise de bureau et je ferme les yeux. J'essaie de l'imaginer devant moi. Il y a quelque chose dans son regard, dans sa façon de parler. L'impression qu'il dégage. Était-ce à l'école ? Au service militaire ? À la fac ? À Radio Stockholm ? À TV4 ? C'est peut-être un ancien voisin ?

Il me fait penser à une espèce particulière, ces HOMMES qui ne passent jamais inaperçus. La quarantaine, toujours au top, une femme ou une petite amie de dix ou quinze ans plus jeune, envers laquelle ils se montrent très attentionnés, presque paternels. Des hommes qui se maintiennent en forme. Jeunes d'une certaine manière, même s'ils ont quarante ou quarante-cinq ans, peut-être même cinquante. Qui, la cinquantaine dépassée, en font toujours quarante. D'éternels quadragénaires. Entendons-nous : ils ne font pas semblant d'être jeunes, ils font seulement semblant d'être ce qu'ils sont : des hommes d'une quarantaine d'années. Quel que soit leur âge véritable.

Des hommes dont émanent l'intégrité, la chaleur humaine et le parfum Calvin Klein, des hommes qui portent, sous une veste Tommy Hilfiger, le même genre de pulls en laine que Samuel Fröler dans la série *Le Docteur de l'archipel.*

Des hommes qui ont un spacieux appartement en centre-ville, un bon travail et un large réseau de contacts, qui se passionnent encore pour les guitares électriques et les motos, font du hockey une fois par semaine avec leur bande de potes, mais qui organisent également des déjeuners avec des amies proches et leurs partenaires.

Un de ces hommes qui semblent si ouverts, si bienveillants. Si pleins de générosité. Si satisfaits de la vie.

Un de ceux-là. Avec qui on aimerait être ami.

Plus je pense à lui, plus il m'apparaît comme quelqu'un que je voudrais impressionner ou avec qui je voudrais sympathiser. Quelqu'un dont je voudrais obtenir le respect.

Cependant, malgré mes efforts, je n'arrive pas à l'imaginer dans un cadre concret. Il n'entre dans aucun contexte. Nous ne nous serions tout de même pas fréquentés seulement en tête à tête ? Et si c'était le cas, je m'en souviendrais encore plus clairement.

À quelle tranche de ma vie appartient-il ? Serait-ce quelque chose que je préfère oublier ?

Avec le temps, la perspective change. Ce que, autrefois, on jugeait essentiel, devient insignifiant. Quelqu'un dont on voulait à tout prix gagner l'estime et l'approbation perd à nos yeux toute sa valeur. Un chef que l'on souhaitait impressionner n'est plus qu'un simple collègue. Une femme dont le parfum nous enivrait est devenue notre épouse. Ou celle d'un autre, et maintenant qu'on se connaît bien, ils nous agacent avec leurs enfants, leur voiture ou leurs chaînes de mails.

Et pour peu qu'on ait oublié certains détails, les anciens rapports nous empêchent d'y voir clair dans une relation actuelle. Est-ce quelqu'un que je cherche encore à impressionner, et si c'est le cas, pourquoi ?

Je n'ai toujours pas la moindre idée de qui il peut bien être.

Une heure plus tard, je reçois un SMS. Je comprends aussitôt qu'il vient du type du café.

Déjeuner demain ?
Håkan

Håkan. Il s'appelle donc Håkan. OK, je sais au moins ça. J'enregistre son numéro sur mon téléphone sous le nom de Håkan. Håkan. Ça ne me dit rien du tout.

J'accepte l'invitation et propose qu'on se retrouve à midi. Un instant plus tard, un nouveau SMS :

Même endroit ?

Je confirme.

Le lendemain, je me rends au café et m'installe devant une table ronde en plastique. Je me demande si ce n'est pas la première fois que je prends le temps de rester déjeuner ici.

Quelques minutes plus tard, il arrive. Je le vois attacher son vélo avec le siège enfant. Il procède de façon méthodique, avec des gestes souples, sans se presser. Je note l'expression sérieuse de son visage. Son air calme inspire la confiance. Mais je n'ai toujours aucune idée de qui il est.

En entrant, il regarde un moment autour de lui, et quand il m'aperçoit, son visage s'illumine. Je me lève. Je ne sais pas pourquoi. J'ai simplement le sentiment que c'est la chose à faire.

Il porte un veston de velours côtelé bleu et un pantalon à carreaux rouges et noirs. Nous avons le même code vestimentaire, mais ça lui va beaucoup mieux. Nous appartenons à la même catégorie sociale. À part ça, nous ne nous ressemblons pas tellement. Il est très grand, doit frôler un mètre quatre-vingt-dix, quatre-vingt-quinze, mais ses mouvements sont doux, presque féminins. Une bouche assez grande dans un visage oblong. Un regard serein. De courts cheveux blonds, presque blancs. De longs favoris. À peine quelques cheveux gris.

Il s'excuse d'être en retard, mais je lui dis que ça ne fait rien, c'est moi qui suis en avance.

Soudain, l'idée me vient qu'il est peut-être l'ami d'une ex. Ça pourrait être ça. J'esquisse un sourire, essayant d'avoir l'air sympa. Inoffensif. Dans ma tête, je passe en revue mes ex-copines.

Ça va vite, il n'y en a pas des masses, mais je n'en vois aucune qui colle avec Håkan.

Il s'assied en face de moi, et on se met à parler cafés et musique. De tout et de rien. Lentement mais sûrement, nous adoptons un schéma qui me semble étrangement familier. Nous avons certainement dû bosser ensemble, je le reconnais à la façon dont nous jonglons avec les idées, je reconnais aussi que cela m'a manqué. Oui, notre duo, notre complicité m'a manqué.

On se comprend à demi-mot, on s'écoute, on se coupe la parole. Il est le plus actif de nous deux, mais je me sens parfaitement à l'aise en sa compagnie. Nous passons librement d'un sujet à l'autre. Je fais une remarque à propos des enfants, et il éclate de rire. Nous rions ensemble. J'ai vraiment plaisir à être là, mais voilà qu'une heure a déjà passé, il doit partir.

Avant de s'en aller, il propose de se retrouver en soirée au Clarks pour boire un coup. J'accepte en essayant de dissimuler ma joie.

— Je dois juste vérifier que ma femme est d'accord.

Helena a toujours été entourée de copines et d'amis proches. Des gens qu'elle connaît depuis l'enfance. Des hommes et des femmes qui font naturellement partie de sa vie. Qui l'appellent toutes les semaines ou tous les jours, parfois même plusieurs fois dans la journée, et qui ont toujours été là, bien avant moi.

Chaque fois que nous partons en vacances, elle a une foule de cartes postales à envoyer. Moi, c'est à peine si j'écris à mes parents. Ce sont toujours ses amis qu'on invite aux fêtes, aux dîners et au baptême des enfants, car moi je n'en ai aucun. Aucun à inviter à dîner en tout cas. Ses amis sont devenus les miens et je les apprécie, mais ce n'est jamais moi qu'ils appellent, jamais avec moi qu'ils prennent un verre ou vont au restaurant.

C'est donc avec une fierté mal dissimulée que j'appelle Helena et lui demande si ça ne l'embête pas que je rentre un peu tard. Je vais boire une bière avec un vieux copain.

— Pas du tout, c'est super, dit-elle, et je sens qu'elle est vraiment contente pour moi.

Le reste de la journée, je ne pense pas trop à lui. Je bosse sur un article, je rédige quelques dépêches, j'entame une banane dont l'autre moitié a le temps de noircir, et j'ai presque oublié que je ne sais pas qui il est. C'est comme s'il faisait déjà, tout naturellement, partie de ma vie.

Ce n'est qu'une fois devant le Clarks, en l'apercevant par la lucarne du sous-sol, que je me rends compte que je n'ai toujours pas mis le doigt sur notre passé commun. Je m'attarde un moment dehors, à l'observer sans qu'il me voie. Il feuillette un menu posé sur la table. De temps en temps, il lève les yeux et regarde autour de lui. C'est curieux, d'ici, j'ai du mal à le reconnaître. Ce qui m'est familier, c'est la façon dont nous interagissons. En quelque sorte, nous allons bien ensemble.

Les choses auraient été tellement plus faciles si j'avais posé la question tout de suite, quand, après toutes ces années, nous nous étions rencontrés hier au café. Mais il m'avait abordé d'une façon si joyeuse et avec un tel enthousiasme que ça aurait été impoli et sans doute blessant de lui faire comprendre que je ne l'avais pas reconnu immédiatement. C'est comme ça que ça marche entre nous. C'est évident.

Soudain, je remarque qu'il me regarde depuis l'intérieur. Ça doit faire un moment qu'il m'observe, car il me fait signe. Je le salue en retour et j'entre.

— Alors c'était bien toi, dit-il quand je me glisse derrière les tables pour le rejoindre.

— Oui, dis-je. J'ai bloqué.

Il hoche la tête, comme si c'était tout naturel. Je m'assieds, enchanté d'avoir un ami auprès duquel je n'ai pas à me justifier. Même pas de mes bizarreries.

Nous étudions le menu en silence. Sans la moindre gêne. Au contraire. Ça semble aller de soi.

Le Clarks est assez calme à cette heure de l'après-midi. La grande affluence n'aura lieu que plus tard. Nous prenons une bière, il me demande comment s'est passée ma journée au boulot, et je me rends compte que je n'ai pas l'habitude qu'on me pose cette question. Je me surprends moi-même à lui parler de mon travail. Le stress et la liberté, la frustration, la chasse au scoop, implicite ou explicitement formulée. Mes tentatives pour laisser ma marque de fabrique dans chaque texte que je rédige. Pour que l'on sache que c'est moi l'auteur. Nous rions tous les deux. Quand il m'écoute, tout ce que je dis devient intéressant.

— Tu veux juste te distinguer, dit-il soudain.

— Me distinguer de qui ?

— Des autres. C'est une façon de se protéger, je suppose.

Oui, c'est exactement ça. Je vois ce qu'il veut dire, et je reconnais que depuis longtemps nul ne m'a dit mes quatre vérités avec autant de bienveillance.

— Tu as toujours été un solitaire, rit-il, sans condescendance ni méchanceté. Au contraire, il le dit presque avec affection. Ou du moins il se borne à une simple constatation.

Je le regarde droit dans les yeux. Le moment est venu de lui poser la question. Sans ambages. J'avale le reste de ma bière sans le quitter des yeux. Nous nous taisons. Il est temps de lui avouer que je ne me souviens de rien. Il faut que je sache qui il est.

L'idée qu'on se fait d'un individu en le regardant dans les yeux n'est pas toujours adéquate. Ce qu'on y voit, ce n'est pas seulement les apparences. On ne peut s'empêcher de découvrir un tas de petits muscles qui ont travaillé là depuis sa naissance. On apprend des choses que l'on ne souhaite pas forcément savoir. Des choses qui, chacune prise à part, ne signifient rien de particulier, telles les pièces éparses d'un puzzle. Seule la dernière d'entre elles permet de déchiffrer une expression. Quand l'individu se met en colère contre une injustice, à la suite d'une remarque blessante ou quand quelque chose le fait rire. Alors tous les muscles s'organisent en une expression d'ensemble qui devient compréhensible.

Dans son regard, je lis le calme et le détachement. Une forme de sagesse, pourrait-on dire. De la fatigue, mais aussi de l'opiniâtreté. Et de l'inquiétude. Il est en train de s'interroger.

En rencontrant le regard de quelqu'un, on s'expose soi-même, inévitablement. C'est là le problème. Regarder quelqu'un dans les yeux, ce n'est pas seulement le scruter. C'est aussi se dévoiler. À cet instant, je comprends clairement ce que j'ai dû pressentir, sans oser me l'avouer. Soudain, j'ai la certitude que ce passé que je recherche n'existe pas. Qu'il n'a jamais existé.

Nous n'avons aucune histoire en commun.

Il a dû se tromper.

Je vois que lui aussi s'en rend compte. Naît alors une nouvelle complicité, nous le comprenons tous les deux, simultanément. Cela nous pousse à échanger un sourire embarrassé. C'est comme si nous prenions conscience que nous ne sommes personne l'un pour l'autre.

À ce moment-là, ça n'a pas d'importance. Nous nous sentons obligés de continuer le jeu.

Soudain, pendant que nous nous dévisageons de la sorte, une nouvelle pensée semble émerger dans son regard. Ça y est, me dis-je. Sans la moindre idée de ce qui va suivre.

Il pose le coude sur la table, le menton au creux de sa main :

— Comment va Josef ?

— Josef ?

— Ton frangin.

Le local, qui s'est rempli entre-temps, est devenu bruyant. Lentement, j'écarte mon verre vide qui heurte le menu déplié sur la table. Mes mains sont moites et je suis obligé d'élever la voix pour me faire entendre.

— Je n'ai pas de frère.

Håkan s'immobilise, son verre de bière à la main. Il me regarde :

— Comment ça, tu n'as pas de frère ?

— Je n'en ai jamais eu.

Il se fige, le verre au bord des lèvres. Nous nous taisons, mais rien n'est plus comme avant.

Nous nous fixons en silence, au milieu d'une clientèle de plus en plus animée. Les gens se saluent et s'interpellent dans une ambiance détendue d'*afterwork*. Une femme me bouscule, impatiente d'embrasser une amie qui vient d'entrer. La tête penchée sur le côté, elles rient en se tenant les mains.

Y avait-il une autre issue ? Aurions-nous dû continuer comme si de rien n'était ? Nous rencontrer, étrangers que nous sommes, sur de nouvelles bases : celles de la franchise et de la sincérité ? Alors nous aurions peut-être pu en rire, n'y voir qu'une anecdote amusante. Je crois que ce n'était pas impossible. Vraiment.

Dans le brouhaha ambiant, nous nous levons, sans nous quitter des yeux, indécis, comme si nous jouions des personnages embarrassés. Comme si nous faisions semblant d'être étonnés. Afin de ne pas perdre la face ? Afin de préserver notre amour-propre, notre intégrité, en refusant de céder à la méfiance ? Afin de prouver que nous ne sommes pas des tordus ? Ou bien pour ne pas déroger aux règles en vigueur dans ce genre d'embarras ? Ou encore, tout simplement, parce que nous n'osons pas rester là, en interlocuteurs qui tout à coup n'ont rien à se dire ?

— Tu n'es pas Magnus Gabrielsson ? dit Håkan.

Je fais non de la tête, jouant l'indignation.

— Qu'est-ce que tu racontes ? C'est qui, ce Magnus Gabrielsson ?

— J'ai cru, commence-t-il, en promenant le regard alentour.

Il secoue la tête et saisit sa veste. Ramasse ses affaires, puis lève les yeux sur moi.

— Mais merde, t'es qui alors ?

Je hausse les épaules. Que lui répondre ? Je réfléchis un instant et décide qu'il n'y a une réponse possible :

— Et toi, t'es qui ?

Traduit par Catherine Derieux et Marianne Hoang